GA文庫

俺の彼女と幼なじみが修羅場すぎる14

裕時悠示

GA文庫

カバー・口絵　本文イラスト
るろお

CONTENTS

■前回までのあらすじ

恋愛アンチを標榜《ひょうぼう》する高校生・季堂鋭太《きどうえいた》には、恋の代わりに夢がある。

交通事故で剣道ができなくなった幼なじみ・春咲千和《はるさきちわ》のため、医者になるという夢だ。

そんな鋭太の前に現れた三人の少女たち。

同じく恋愛アンチの夏川真涼《なつかわますず》は、鋭太の弱みを握って「偽彼氏」にした。

「前世の彼女」を名乗る中2病患者・秋篠姫香《あきしのひめか》。

「婚約者」だという風紀委員・冬海愛衣《ふゆうみあい》。

彼女らと結成した「自らを演出する乙女《おとめ》の会」は、数々の騒動を巻き起こしていく。

そんな中、鋭太も彼女たちも成長していく。

千和は、ずっと秘めていた鋭太への想《おも》いをはっきり口にするようになり。ずっと引っ込み思案《じあん》だった姫香は、真涼の妹・真那《まな》とともに漫画の道に目覚め。そして愛衣は、幼い頃に鋭太とかわした「こんいんとどけ」を破り捨て、独りよがりな想いに決着をつけた。

そんな愛衣が、鋭太に提案したのは、この四人の少女と作るハーレム。

最初は迷った鋭太だったが、恋愛アンチをこじらせて迷走する真涼を救うため、また、みんなの居場所を作るため、ハーレム王を目指すことを決意する。

前途は多難である。

千和には「そんなの、えーくんにできっこないじゃん」と言われ。

姫香には、「真涼が正妻で自分が二番ならいい」という条件付き賛成を示され。

そして真涼には──全面否定《ひてい》。

恋愛を激しく憎む真涼は、鋭太に特別な想いを抱いているのに、それを認めようとしないのだ。

その憎しみの源泉は、浮気《うわき》して自分の母を捨てた父・夏川亮爾《りょうじ》である。

さらには、親友の遊井《あそい》カオルまで「僕も君のハーレムに入れてよ」と言い出して、事態は昏迷《こんめい》を深めていく。双子の妹という〝カオリ〟の存在も含めて、鋭太を悩ませているのだ。


いっぽうの真涼は、自分を政略結婚させようとする父親の支配から脱するため、廃刊となった雑誌「パチレモン」の復刊プロジェクトに着手する。起業家として独立し、父親の言いなりにならないだけの力を身につけようとしているのだ。

そのためには、コスプレモデルとして人気爆発《ばくはつ》中の姫香の協力が必要不可欠だ。

協力を請う真涼に対して、姫香が告げた条件は、真涼と鋭太を戦慄《せんりつ》させた。

時に、高校二年の秋・十一月。

学園祭が終わった直後、姫香が落とした爆弾とは──。


「会長がエイタを『偽彼氏』にしていた事実を、みんなにちゃんと話すこと」

「今日(きょう)の一針(ひとはり)明日(あす)の十針(とはり)」

処置が遅れるほど負担が重くなることのたとえ。今日であれば一針縫うことで繕えるほころびも、明日になれば十針も縫わなければならないという意から。

（「デジタル大辞泉」より抜粋）

#0 トレーニングジムは修羅場

橙色《だいだいいろ》の鰯雲《いわしぐも》がたなびく、月曜の夕刻。

秋篠姫香《あきしのひめか》が「爆弾」を落とした、その日の放課後——。

俺《おれ》は夏川真涼《なつかわますず》に呼び出されて、駅前のトレーニングジムにやって来た。

真涼と二人で会うのは、いつも国道沿いの喫茶店《きっさてん》と決まっていたのに、今日はいったいどういう風の吹き回しか。しかも、ジム？　真涼と運動。吸血鬼と太陽みたいな組み合わせである。

自転車を漕《こ》いでやって来てみれば、入り口には「休館日」の立て札。

さては担《かつ》がれたか？　と思ったら、ガラス張りのドアの向こうに銀髪の「彼女」が現れた。

Tシャツにスパッツという、一年半の付き合いで初めてお目にかかるスタイル。

「あらあら。どこの犬の糞《ふん》が歩いてきたのかと思ったら、なんだ鋭太《えいた》じゃない」

「……それを言うなら馬の骨だ」

前もあったな、このパターン。

前は「馬の糞」と呼ばれたが、今日は犬の糞にグレードダウンしている。どっちみち糞なんだねキミの中のボクは。

「あら。犬を馬鹿《ばか》にしたものではないわよ、鋭太」

「はあ」

なんでもいいから中に入れて欲しい。

「たとえば、『犬も歩けば棒《ぼう》に当たる』ということわざがあるでしょう？」

「あるけど、あれって意味がよくわかんないんだよな」

このことわざは実に玉虫色《たまむしいろ》なもので「出歩けば幸運に出会う」「出歩けば不幸に遭《あ》う」という
まったく正反対の解釈が存在する。今は前者の意味が優勢と言われてるが、「棒に当たる」って
表現から幸運を連想するのは難しいので、個人的にはしっくりこない。

「ではここで問題です。『鋭太も歩けば棒に当たる』は、どんな意味でしょう?」

「え……」

まさかのオリジナルだった。あのことわざウェイトレスに触発でもされたのか?

「ちっ、ちっ、ちっ、ぴーん。はいタイムアップ。鋭太失格」

「失格ってなんだよ。……で、正解は?」

「正解は──散歩してた鋭太の尻に極太棒がねじ込まれる、という意味よ」

「お前、有名なことわざになんてことを……」

仮にも元カレになんてことを。

ていうか、まだ東京《とうきょう》で言ってた「棒」を引きずっていたのか。

今の今まで忘れていたよ。

真涼は足元にあるドアの鍵《かぎ》を開けて、俺を招き入れた。何事もなかったような顔である。なん
だったんだ今のクイズは。

「このジムは、夏川グループの経営なのよ。私の自由に使えるから、時々来ているの」

「ふうん。意外だな」

「あらご挨拶《あいさつ》ね。私だって運動くらいするわよ」

俺が言ったのはそういう意味じゃない。

以前の真涼であれば、夏川グループ――あの父親の力を借りるなんて、絶対にしなかった。

だが、例の生徒会長選挙の一件以来、真涼は手段を選ぶということをしなくなった。利用できるものはなんでも利用する――そんな貪欲《どんよく》さを身につけたのだ。

かのディオ・ブランドーが、ジョースター家を利用して成り上がろうとしたように。

夏川真涼は、自分が憎む父親をも利用して、帝王の道を歩もうとしている。

「しかし、なんでまた運動しようなんて思ったんだ？」

「人間、体が資本よ。エネルギーと栄養素はウイダーインゼリーでまかなえても、運動不足はそうはいかないわ」

なるほど、合理的な考え方である。

「受験だって、最後は体力がものを言うでしょう？　机にかじりつくばかりで運動不足のガリ勉くんのために、こうして機会を用意してあげたというわけよ」

「ふん。お優しいこって」

真涼の真意がどこにあるのか知らないが、運動不足なのは確かである。ここまで自転車を漕ぐだけでも、軽く息が切れているという体《てい》たらく。

利用させてもらえるのなら、させてもらおう。

「てっきり、ヒメの件を話し合うのかと思っていたんだが」

「ええ、そのつもりよ。トレーニングしながら話そうと思って」

これまた合理的である。

一階のロッカーでウェアに着替えて、二階のトレーニングエリアへ上がった。ウェアもタオルもシューズもすべてレンタル。仕事帰りの会社員が手ぶらで利用できるってわけだ。

休館日ということで、室内はがらんとしている。ルームランナーやスクワットマシンなど、最新式のトレーニング機器が広い空間に並んでいた。

「こんな設備を二人だけで自由に使えるなんて、なんとも贅沢《ぜいたく》だな」

「二人だけじゃないわよ？」

ほら、と真涼が指し示した方向を見ると、ガラスばりになった壁の向こう側で、猛然《もうぜん》とサンドバッグを叩《たた》く人影があった。

金髪豚野郎こと、羽根《はね》ノ山《やま》高校一年・夏川真那《まな》さん（16）。

「カオルの、あほーーーーっっ!!」

怒りに満ちた絶叫《ぜっきょう》が、びりびりとガラスを震わせる。

「カオルのあほ！　ばか！　ぼけ！　アタシの気もしらないで、しらないでーーっ！」

我が親友への悪態《あくたい》をつき、ツインテールをムチみたいに振り乱しながら、物言わぬサンドバッグをタコ殴りにするお嬢様。勢いのわりにはへろへろのパンチで、サンドバッグは風鈴みたいにそよそよ揺れる。

「あの子は運動不足解消ではなく、ストレス解消に来てるみたいね」

「……そ、そうみたいだな」

カオルと、何かあったのだろうか？

「そういえば、真那のお袋さんが学園祭に来てたんだよ。カオルのことを見に」

「へえ」

「そのときは普通だったんだけどな。マリーシャさんにも気に入られてたみたいだし」

「酔っ払ってたら何でもいいのよ。あの人」

カオルといえば、俺のほうにも気がかりがある。

先日の学園祭、その後夜祭にて、カオルは俺に奇妙なことを言い出した。

……そう、奇妙なこと。

そうとしか形容できない。

同性の俺から見ても魅力的な、誰《だれ》もが恋に落ちそうな妖《あや》しい微笑を浮かべて、中学生以来の親友は、こうのたまったのだ。

『ねえ鋭太。僕も君のハーレムに入れてよ』

あのとき、そう囁《ささや》いたのは、本当にカオルだったのだろうか？

双子の妹であるという、「カオリ」のほうだったんじゃないのか？

そもそも「カオリ」が実在するのかどうかさえ、定かではない。

親友のことを、俺は何も知らないのだ。

いったい、あれはどういうつもりだったのだろう。

向こうでサンドバッグを叩いているあの金髪豚野郎には、絶対に言えない。あいつは、カオルに恋している。こんなこと知ったら、どういうややこしいことになるのか……。

それとも、真那は知っているのだろうか？

カオルとカオリのこと、何か知っているのだろうか？

「何をボーッしてるの？」

真涼が道端《みちばた》の糞をみるような目で俺を見ている。それすなわち、いつもの目だ。

「さっさと始めなさいよ。自由に使えるとは言ったけど、無限に使えるとは言ってないわよ」

へいへいと返事をしつつ、俺はルームランナーを利用することにした。テレビもネットもついた高級感あふれる本格的なやつである。

ベルトの上に乗って、ごちゃごちゃしたコンソールに向かい合ったところで手が止まる。

実は俺、こういうの初めてなんだよな。

「これ、どうやって操作すればいいんだ?」

「画面のガイダンスに従えば、いろいろ設定してくれるわよ」

言われた通りタッチパネルに触れると、設定画面が出てきた。速度、消費カロリー、運動時間etc、設定項目が多すぎてよくわからない。コースで設定した方が良さそうだ。

「初めてなら見栄《みえ》を張らず、童貞《どうてい》コースを選択すれば?」

「ビギナーコースだろ」

嫌な言い方をしやがるなあ。

機械の音声案内とともに、モーターが静かな唸《うな》りを上げ始める。

「おおっ、動いた!」

地面のほうが動くなんて、新鮮な感覚である。

ビギナーだけに速度もゆっくりめ。駆け足と早足の中間くらいのペースで十分ついていけそうだ。

「ん? 真涼、お前は走らないのか?」

マシンの上で突っ立ったままの真涼は、呆《あき》れたような顔で言った。

「走ったら、疲れるじゃない」

「…………」

そりゃまあ、そうですけど。

何しにきたんだよお前。

「それにしても、ヒメがあんなこと言い出すなんてな」

「ええ」

俺は歩きながら、真涼は立ったまま、本題に入った。声はやや抑えめ。あの様子じゃ心配ないだろうが、万が一にも真那に聞こえたら困る。

「正直、ちょっと『今さら感』あると思うんだけどな。今さらヒメが偽彼氏《フェイク》の件にこだわる理由はなんだろう？」

「けじめ、でしょうね」

真涼は淡々としている。その顔色はいつも以上に白い。

「今の私たちを取り巻く環境、そのすべてのはじまりが『偽棒』だったのだから」

「棒呼ばわりはやめろ。お下品な」

「偽棒と肉棒って、似ているわね」

「やめろっつってんだろ」

セックス厨《ちゅう》の真涼さん。

元カレとはいえ、厳しく正す所存である。

「すべての始まりである偽彼氏契約。それを清算せよというのが秋篠さんの言い分でしょう」

つい数時間前の、昼休み。

ヒメは、真涼に向かって毅然《きぜん》とこう言い放ったのだ。


『この条件は、絶対守ってもらわなくてはならない』

『そうでないと、わたしは、会長のことを全面的に信頼できない』

『つまり、協力できないということ』

その口調《くちょう》には、いっさいの妥協《だきょう》を許さない感じがあった。

あの穏《おだ》やかで優しいヒメが、そこまで言い切ったのだ。

「あー、ところで真涼。このマシン、もっと速度を上げるときはどうするんだ?」

だんだん慣れてきて、今のスピードに物足りなくなってきた。じんわり、汗もかいてきた。

心地よい汗だ。

「童貞コースの下に、素人《しろうと》童貞コースっていうのがあるでしょう?」

「ねえよ! なんでルームランナーで風俗営業してんだよお前んとこのジムだろうが!」

心地よい汗、台無し。

タッチパネルを見れば、童貞もといビギナーの下にレギュラーコースがある。なんだこれでいいのか。ポチッとな。

地面のベルトが回転を増した。早歩きから、軽い駆け足でないとついていけない速度へと変わる。望むところだ。

ハッハッと息を吐き出す俺に、真涼は語りかける。

「去年の九月のこと、覚えてる？」

「ん？」

「秋篠さんに偽彼氏がバレた直後、私は誤魔化《ごまか》して丸め込もうとしたわ。そのとき、彼女がなんて言ったか覚えてる？」

「……ああ、あれか」

あのとき、ヒメはすごい剣幕で怒鳴ったのだ。


でたらめ言わないで!!


自分で作った中２病設定を「でたらめ」と言い放ったのである。

同じ中２病戦士である俺には、その「重さ」がよくわかる。

「つまり、それだけ秋篠さんにとっては大きなことなのよ。だから、その罪を清算しない私、春咲《はるさき》さんや冬海《ふゆうみ》さんに真実を隠したままの私は、信用できない。そう言いたいのでしょうね」

「なる、ほど」

ヒメにとって、真涼の計画通り「読者モデル」を続けるというのは、人生の進路にもかかわる重大事である。仮に真涼が失脚すれば、ヒメまで路頭に迷うことになる。

真涼についていっても心配ないと、信じるに足《た》る証《あかし》が必要だ。

「ヒメの言い分は、もっともだ、な」

ふうふう言いながら走る俺をよそに、真涼はルームランナーから降りた。

「飽きたわ」

「…………」

そりゃお前、立ってるだけだもんよ。

「次は腕力を鍛えましょう」

などと言い、すたすた歩き出す。俺の都合などお構いなしである。

しかたなく後に続くと、そこは大きな鉄製の棚《たな》が置かれた区画だった。様々な形状のダンベルがずらっと並べられている。見ているだけで筋肉痛になりそう。

「鋭太、何キロからいく？」

「え、じゃあ、五キロから」

はい、と真涼が指差したダンベルを手に取る。ずっしりとした重みが右手に伝わって……うお、重い！　重っ！　最近辞書より重いもの持ってなかったからなッ。こいつは効くぜッ。

呼吸とともに一、二、三と持ち上げる俺の隣で、真涼もダンベルを手に取る。一番軽い一キロのやつだ。

「重いわね、これ」

「重くなきゃ筋トレにならねえだろ」

「鋭太、代わりに持ってくれない？」

「は？」

空《あ》いている左手に無理やり押しつけられた。一キロとはいえ、利《き》き腕《うで》じゃないほうで持つのは結構だるい。

「はい。いち、に、さん」

「え？　え？　いちに、さんっ」

真涼の手拍子に合わせてエクササイズ。上腕筋、伸ばして縮めてのばしてちぢめてー。

「いいわ、いいわよ鋭太。重い荷物を彼女の代わりに持ってあげるなんて。あなたの男っぷりが一回ごとに鍛えられているわ」

「腕力をっ、鍛えにっ、きたんだよっ！」

なんだか、いつもと微妙にノリが違う真涼さん。

ていうか、お前はそれで何を鍛えてんだ……。

「はあ、はぁ……はぁ……」

け、けっこうキツイ、これ……。

勉強でいかに体がなまっていたかを痛感させられるなぁ。十七歳にして老化してる。

「な、なあ真涼、やっぱ普通に話さないか？　これやりながらトークはちょっと」

「…………」

「真涼？」

銀髪の悪魔はぼうっと何かを考え込んでいる。

……いや、この顔は「思《おも》い煩《わずら》っている」。

悪だくみをしている悪魔の顔ではなく、思案に暮れる高校生の顔だ。

その違いが、俺にはわかる。多分、世界で俺ひとりだろう。おそらく。きっと。

「……ああ、ごめんなさい。何かしら？」

「いや、なんでもない」

ヒメに言われたこと、こいつなりに真剣に考えてるんだな。

それだけ、ヒメの言葉が効いてるってことか。

さっきから妙に口数が多いのは、内心の動揺を誤魔化すため。

外にまとった鎧《よろい》は硬くても、内面は驚くほど柔《やわ》い。豆腐どころかウイダーインゼリーのように、グニャグニャジュルジュルの真涼メンタル。

「秋篠さんの協力は、必要不可欠なのよ」

がらんとしたトレーニングルームに、真涼の声が響く。

「秋篠さん――いいえ、読者モデル〝プリン〟の活躍なくして、パチレモン再興はもはやありえない。プリンの活躍次第で、来月のクリスマスイベントの成否が決まるといっても過言じゃないわ」

「クリスマスイベント?」

「前にみかん編集長が言ってたでしょう? パチレモン復刊に向けて、プレイベントをやるって。あれの一発目を、クリスマスに予定しているわ」

イベントは聞いていたけど、こんなに早くやるとは思わなかった。

「じゃあ、そのイベント前に千和《ちわ》とあーちゃんに話すのか?」

「……いえ……」

真涼は迷うように、その長いまつげを伏せた。

「イベント後にしましょう。春咲さんや冬海さんもモデルとしてステージにあがることになるから、不要な混乱を招きたくないわ」

「そうか。そうだな」

その判断には真涼の慎重さではなく、弱気のほうが表れているように思える。だが、それを指摘する気にはなれなかった。

ダンベルを棚に返して、次は青いマットの上に移動した。ストレッチ用のスペースだ。

「俺、体硬いんだよなあ」

「頭も固いしね」

「うるせえよ」

靴を脱いで上がり、ストレッチをはじめる。隣の部屋からはあいかわらずサンドバッグを叩く音と叫び声が聞こえてくる。「アタシカワイイ！　アタシキレイ！」「アタシモテる！　アタシ最高！」。ああ、こっちもうるせえ。

「考えようによっては、いい機会かもしれないわね」

「ん？」

脚を大きく広げて前屈し、上半身をぺた～っとマットにくっつける真涼。おお、柔らかい。俺なんて手のひらをくっつけるだけで精一杯だ。

マットに鼻先が触れるか触れないかのところで、真涼は言う。

「いつかは、この問題に直面するときが来るとは思っていたのよ。卒業までに」

「卒業、かあ」

まだまだ先の話──なんて、ついこないだまでは思ってた。

だが、学園祭が終わって二学期も終わりに近づいてくると、なんだか急に実感がわいてきた。三学期なんてあっという間に終わるのは体感ずみだし、その後の春休みは修学旅行。それからすぐに一学期が始まって、学期末には医学部推薦《すいせん》の成否が出る。推薦が出れば、いよいよ次は九月末の推薦入試だ。俺の大学受験は他のみんなより早く、あと一年を切っている。

「秋篠さんに知られている以上、春咲さんと冬海さんにもいずれ知られる。そういう覚悟は、していたから」

「そうだな」

放課後は、四六時中行動を共にしている俺たちだ。

特にパチレモン復刊クエストを請け負ってからは、ますます時間を共有することが増えたように思う。

ヒメが言い出さなくても、何かの拍子にバレていた可能性はあるか……。

「千和とあーちゃんは、なんて言うのかな。どう反応するのかな」

「こればかりは私も読めないわ」

前屈運動を繰り返しながら、真涼は両腕を広げてみせる。お手上げ、のポーズ。

「去年の夏休み、海へ合宿に行ったじゃない？　あのとき冬海さんはいいセンいってたわよね」

「ああ、鋭いよな。やっぱ」

一年生の夏休み。海辺にある合宿所のキッチンで。

ハネ高が誇る敏腕《びんわん》風紀委員長は、カレーを作りながらこう指摘した。

『季堂《きどう》くんと付き合ったおかげで、告白されることはなくなったのよね？』

『もし、それが目的で季堂くんと――だったら。私、許せないかも』

自称ラブマスターの指摘は正確にして正解であった。

真涼が俺を彼氏にした、その目的を言い当てていたのだ。

「まあ、その冬海さんも、黒歴史ノートという弱みを握って鋭太を強請《ゆす》り、偽彼氏に仕立て上げたとまでは、思っていなかったようだけど」

「思わねえよ普通」

そんな悪辣《あくらつ》なことを思いつくのはお前くらいだ。

思い出すだに恐ろしい。

あの、恥ずかしい妄想やら日常やらが綴《つづ》られたノートが、悪魔の手に握られていたなんて。

「二人に話すとき、あのノートの存在も話すのか？」

「話して欲しいの？」

「絶対に止めてください、お願いします」

俺氏、思わず正座して土下座《どげざ》。マットの上だから服とか汚れなくてラッキー！

真涼は前屈運動をやめて、ふうとため息をついた。うっすら汗をかいている。ピンクに染まった頬《ほお》に、銀色の髪がひとすじ貼《は》りついているのが妙に艶《つや》っぽい。

「春咲さんは？」

「はひ？」

「はひじゃなくて。あなたの幼なじみさんは、勘づいていたのかしら？」

あわてて目を逸《そ》らし、答える。

「千和は別に。多少は怪しんでいるような節はあったけど、基本的にあいつ、素直で単純だし」

「そうね」

疑うということを知らないヤツである。

俺と真涼が付き合いたての頃も、本気で悔《くや》しがって本気で妬《や》いていた。自分もモテカワになって彼氏を作ると、躍起《やっき》になっていた。

「いつだったかな、千和は言ってたよ」

千和に聞いた言葉を、そのまま語って聞かせた。

『夏川はえーくんを彼氏にしちゃった女だもん』

『あたしが十年間、ずっとずっとやりたくって、できなかったことを、簡単にやってのけたヤツだもん』

『あたしにとって、それはすっごくすっごく大きなことなんだよ』

「偽彼氏、なのにね」

自嘲《じちょう》するように真涼は言った。

その横顔には汗とともに憂愁《ゆうしゅう》が浮かんでいる。

「春咲さんは、私を許さないかもしれないわ」

真涼は脚を閉じると、その場で膝《ひざ》を抱え込んだ。

その膝に、顔を埋めるようにして。

かすれた、暗い声で言う。

「いったい、どんな報《むく》いを受けることになるのやら……」

このポーズはストレッチ、じゃないよな。

ふむ……。

「言うときは、俺も一緒に行くよ」

言葉が自然に口をついていた。

そんなつもりはなかったのに、この萎《しお》れた銀髪を見ていると、自然に。

真涼は意外そうに顔をあげた。

「何故《なぜ》あなたが？　この件については被害者じゃない」

俺は首を横に振る。

「被害者じゃない。〝共犯者〟だろ」

「…………!!」

美しい蒼《あお》の瞳《ひとみ》にじっと見つめられる。

性格はド最悪だけど、本当、この瞳だけはいつも綺麗《きれい》で――。

いつまでも、見ていたくなる。

「共犯者だから、『出頭』するときは一緒じゃないとな」

フッ。我ながら上手《うま》い言い回しだぜ。

と、せっかく元カレが格好つけているというのに、真涼はきょとんと首を傾《かし》げた。

「それを言うなら、自首じゃないの？」

「え？　その二つ、なんか違うのか？」

「出頭は広く役所などに出向くこと。自首は、犯罪が発覚する前に自分から名乗り出ることが本来の意味よ」

へえ……。知らなかった。

真涼は口元に笑みを浮かべた。

「このくらい頭に入れておきなさいよ。学年一位さん。医学部行くんでしょう？」

「そんな雑学、医者には必要ねえよ」

「いいえ。遠くない未来、当局に出頭なり自首なりするに違いないわ」

「お前の中で、俺は何をしでかす予定になってんだよ」

あいかわらず酷《ひど》い言われようだが。

ま、いいか。

元気出たみたいだし。

「この共犯者っていうのは、もともとは真那の言い回しなんだけどな」

「ふうん、あの子がね」

いつの間にか、金髪豚野郎の罵声《ばせい》は聞こえなくなっていた。

見れば、床にバッタリ倒れている。ぜーはーぜーはー、息をしながら、「カオルぅぅ……」「ばかぁ……」って、せつなげにつぶやいている。

すっかり恋する乙女《おとめ》だな、あいつ。

部室やら生徒会室やらで今後も顔を合わせるわけだが、さて、どう扱ったものやら。

「ともかく」

真涼は立ち上がると、タオルで汗を拭《ふ》いた。トレーニングはもう終わり。その顔はいつもの真涼さん。いつもの、戦闘態勢である。

「つけるわよ、けじめ」

「ああ」

「クリスマスイベントの後、春咲さんと冬海さんに打ち明けましょう」

そうきっぱりと告げる表情に、もはや迷いはない。

少なくとも、俺にはそう見える。

嘘《うそ》の代償。
偽物《にせもの》が贖《あがな》うべき過去。
真涼が犯した、罪と罰。
それが今、ついに、裁かれようとしている。

クラス	騎士
レアリティ	SSR
【突撃】	
	交戦時、破壊されなければ、体力を上限まで回復する。
【追加コスト２を支払って場に出す時】	攻撃+1、体力+1して「疾風」を持つ。
【さらに追加コスト５（合計９）を支払って場に出す時】	さらに「1ターンに2回攻撃できる」を持つ。
【変化時効果】	お互いの手札が9枚になるまでカードを引く。 その後、お互いのデッキを残り20枚まで減らす（20枚以下の場合は何も起きない）。

＃1　買い食いの部室は修羅場

暴食チワワの買い食いが、惣菜《そうざい》パンから肉まん・おでんに変わる。

そういう季節になった。

春咲千和《はるさきちわ》の食にかける情熱たるや相当なもので、この季節になると放課後の買い出しは購買部ではなく、校門そばのコンビニまで出かけていく。しかも「牛すじは某七より某青白の方がおいしいんだよね」というこだわりようで「お前そのまま帰っちまえよ」と言いたくなるほど遠出することもある。

「たっだいまー」

と。

部室のドアが開いたとたん、流れ出すおでんのいい匂《にお》い。

花のJKの放つ芳香《ほうこう》としてはどうなんだと思わなくもないが、まぁ、花より団子《だんご》ということで。

団子JK。

「あれっ、夏川《なつかわ》いないの?」

「帰りのHRの後、みかん編集長から電話が入って出ていった。もうじき来るんじゃないか」

ふーん、と言いながらコートを脱ぎ脱ぎしてハンガーにかける。真涼《ますず》がどこからかくすねてきたハンガーラックである。女物のコートが六着、ずらりと並ぶのは壮観だ。ちなみに唯一の男物は、俺《おれ》の膝《ひざ》の上である。ハンガー、六つしかないんだよね。いつも家から持って来ようと思って忘れる。

ＰＣで書類作成中の冬海愛衣《ふゆうみあい》が、ちらと視線を上げた。

「あんまり派手な買い食いは止めなさいよね。他の生徒の手前もあるんだから」

「えー。別に校則違反はしてないじゃん？」

「節度とか限度ってものがあるでしょう」

口やかましく言うあーちゃんの目の前に、千和は肉まんの包みを置いた。

「はいこれ、おすそわけ〜」

「こんなもので買収しようとしてもダメよ」

とか言いつつ、さっそく肉まんに手を伸ばすあーちゃん。「熱っ」と小さくつぶやいて、指先で耳たぶを軽くつまむ。料理する人あるある。

思えば、あーちゃんもずいぶん丸くなった。

昨年入部した頃の「鬼の風紀委員」であれば、こんなもの絶対受け取らなかっただろう。

ハーレム宣言以来、器《うつわ》がでかくなった。ヒメ風に言わせれば「ビッグになった」ということか。確かに今のあーちゃんは、なんというか、グランドマザーって感じ。いやおばあちゃんってことじゃなくて。語感的に。

「はい、えーくんにも」

「さんきゅー」

太閤検地《たいこうけんち》の歴史的意義について五百字以内で述べよとのたまう問題集との格闘をひとまず止め、

ご相伴《しょうばん》に与《あずか》る。

さっそく頬張《ほおば》れば、肉まんのジューシーな肉汁が口の中いっぱいに……、

「辛ッツ!!」

口の中で何かが爆発《ばくはつ》したッ！

舌がひりひりして、吸いこむ空気すら熱い！

あわててペットボトルを手に取る俺を見て、千和はにししと笑った。

「えっへへー、だいせいこー!!」

「てめえ千和、ハメやがったな!? なんだよこれ!?」

「新発売の激辛Wチーズ肉まんだよ～。どのくらい辛《から》いのかなーと思ってさ」

どうやら実験台にされたらしい。

「味のほうはどう？」

「辛さしか感じねえよ！」

とか言いつつ、二口目もいってしまった。辛っ。しかし後をひく。チーズの風味とタバスコの辛さがいい感じで口の中で絡《から》み合《あ》う。うまい。う～む。なんか悔《くや》しい。

それを満足げに見届けると、千和は小上がりに視線を移した。

そこでは、同人誌に青春をかける三人組が、鬼気迫る表情で原稿に向かっている。

ヒメ、豚、リス。

目前の十二月五日に迫っているという同人誌即売会に向けて、オリジナル作品四十八ページ超大作と格闘しているのだ。その内容は、ひとことでいえば「男同士のカップルが互いの尻《しり》にチューリップを突き刺す話」。「前作は薔薇《ばら》だったから、今回は捻《ひね》った」というのは、シナリオ担当である金髪豚野郎の言。ひねりすぎて複雑骨折してないっスか。

千和は「差し入れおいとくね」と控えめに声をかけ、小上がりの隅《すみ》に袋を置いた。机にかじりついてる三人がそれに気づくのは、肉まんが冷めた後だろう。

席に座ると、千和はさっそくおでんを食い始めた。メニューは大根、しらたき、たまご。そして牛すじ串が三本。

「夏川、早くこないかなぁ」

「なんで？」

「激辛肉まん、もういっこあるんだよね～」

ふっふっふ、と邪悪な感じに目を細めるチワワさん。なるほど、さっきのは予行演習か。

「……今日はやめといたほうがいいんじゃないか？」

「え、なんで？」

「いや、なんとなく」

昨日の今日である。

千和とあーちゃんに対して「罪の告白」を決意したばかりの真涼を、変に刺激したくないという気持ちが俺にはある。

「夏川さんで、思い出したんだけど」

楚々《そそ》としてハンカチで口元をぬぐってから、あーちゃんが言った。

「うちの一年が、妙なこと言ってたのよね」

「妙って?」

「『学園祭に、夏川先輩のお姉さんらしき人が来てた』って。銀髪のすごい美人さんだったらしいけど、夏川さんの姉妹《しまい》って真那《まな》ちゃんの他にいるの?」

その真那は、原稿から顔をあげない。こちらのトークも耳に入ってないだろう。すごい集中力だ。

「俺が知る限り、真那しかいないはずだが」

「そうよね。関係ない他人だったのねきっと」

「いるところにはいるんだね。そんなレアな人」

牛すじを幸せそうにハグモグしつつ、千和は頷《うなず》いた。俺も「そうだな」と受け流し、もう一度ペットボトルのお茶を口に含んだ。

——のちに、俺はこの時のことを後悔することになる。

なぜ、もう少し踏みとどまって考えなかったのか。「真涼の姉らしき人を見かけた『が』、真涼に姉はいない『ので』、無関係」という短絡的《たんらくてき》な思考を、なぜ点検しなかったのか。激辛肉まんと日本史問題集に気を取られて、目前の「告白」に意識がいってて、「姉ではない可能性」を精査することを忘れてしまっていたのだ。

閑話休題《かんわきゅうだい》。

「いい匂いがする」

と、顔をあげたのは我が女神《ガッデス》。秋篠姫香《あきしのひめか》である。小さなお鼻のお穴をおひくひくさせて、お可愛《かわい》らしい。

「ヒメっちたちもこっち来て食べない？」

「少しは休んだほうがいいわよ？」

「かたじけない」

ぺこっと頭を下げるヒメ。それからお供の二人を見る。

「な〜〜〜っ！」

と、人語を話さないことに定評のあるリス子。ベタで真っ黒にした両手を上げて首をさかんに振る。「今は無理」ってことね。

そして豚さんはといえば、あいかわらず顔を机に埋める勢いで原稿に集中している。シャッ、シャッというペンの走る音が部室に響き、それに混じって「ばか！」とか「あほ！」とか聞こえる。対象はやっぱりカオルだろう。いったい何があったのやら。

ヒメはこっちの机に来ていつもの定位置、あーちゃんの隣に座る。

「原稿の進み具合はどうなんだ？」

「今週中には、印刷所に入稿できそう」

はむはむと肉まんを味わう女神の頬《ほお》に、疲労と誇らしさが浮かんでいる。

「さすが。じゃあ、五日のイベントには間に合うな」

「肯定。今回は、強気の百部！」

びし、っと中2病ポーズを決めてみせるヒメ。は～、ぷりち～。

千和が大根食いながら尋ねる。

「百部って多いの？」

「この前は五十部でも完売しなかった」

「ふえー、じゃあがんばって売らなきゃだね」

千和の言う通り、かなりの努力が必要だろう。

あーちゃんは肉まんで汚れた手をウェットティッシュでぬぐい、みんなにも配った。

「ヒメちゃんがあのコスプレをしたら、簡単に売れちゃうんじゃない？　ブヒルデ様だっけ？」

ティッシュを受け取りつつ、ヒメは首を振る。

「ブヒルデ様のファン層と、うちの客層は異なる。あまり効果はないと思う」

と、玄人《くろうと》はだしの分析である。

ブヒルデ様が出てくる漫画「アルカナ・ドラゴンズ」は少年漫画だ。女性人気もあるが、ブヒルデ様の人気は男性が圧倒的だから、ＢＬを嗜《たしな》む女性とは確かに水と油だろう。

「何より、同人誌は中身が肝心。内容で勝負するのが、我ら『金色《こんじき》の暗黒天使団』のポリシー」

どん、と胸を叩《たた》いてみせる。サークル名、金なのか黒なのかハッキリせい。

それにしても――。

ヒメの様子はいつもと変わらない。

真涼にあんな要求を突きつけた後であるが、すっかり日常に復帰している。

ヒメはあのとき、特に期限を設けなかった。秘密の告白を急《せ》かすつもりはないのだろう。卒業までに話してくれればいい、くらいのノリのようにも思える。

ヒメの真意は定かではないが、俺としては、モラトリアムは長い方がいい。

真涼が偽彼氏のことを告白することによって、今の自演乙《じえんおつ》のバランスが崩れてしまうのは……なんか、嫌だ。

こんな風に、俺はしこしこ勉強し、千和はひたすら食いまくり、あーちゃんは風紀委員の仕事して、ヒメは同人誌描いて――そんな日々が少しでも長く続けば良いと思う。

甘い感傷なのは、わかってるけどさ。

もう来年は受験だって考えると、どうしても――。

と、その時である。

ガラッと扉が開くなり、陽気な歌声が聞こえてきた。

「♪ハッピー　うれピー　よろピくね〜」

部室に漂っていた和《なご》やかな雰囲気をぶち壊す、意味不明なフレーズ。

にこにこと、キモイくらい満面の笑みである。

「ハッピー うれピー よろピくね〜。さあみなさん、ごいっしょに?」

「…………」

いつもの発作《ほっさ》である。

喜怒哀楽のすべてをジョジョで表現する女、夏川真涼。

世界中から「ジョジョネタ寒い」と言われようと貫く女。

……まあ、貫くというより、ただただ、病気が重いだけなのですが。

ルンルン! とステップを踏んで歩み寄ると、綺麗《きれい》な白い紙箱を机に置いた。

「これ『メルシー』のシュークリームじゃない!」

と、あーちゃん。俺でも知っている評判の高級菓子店の名前をあげた。焼きたての生地《きじ》と新鮮な生クリームが売りで、確か三十分くらい並ばないと買えないはずである。

「ちょっと、そこの道端《みちばた》で拾いました」

秒でバレる嘘《うそ》をつきながら、銀色の前髪をかきあげる。その細くて白い指は、かじかんで赤く

なっていた。もう窓の外は日がとっぷり暮れている。おそらく吐く息も白いはずだ。

「普段みなさんにはお世話になっていますから。さあさあ、遠慮なく食べてください！」

「…………」

食い物にはすぐ飛びつく千和であるが、さすがにこれは何かあると思ったのか、疑いのまなざしを向ける。

「どしたの夏川？　なんで？　どういう風の吹き回し？」

「あらあら、心外ですよ？　辛亥革命《しんがいかくめい》」

一九一一年、辛亥の年に武昌《ぶしょう》に挙兵し、清朝《しんちょう》を倒した中国の民主主義革命。一二年一月、孫文《そんぶん》が臨時大総統に就任して共和制を宣言、中華民国が誕生。しかし革命勢力は弱く、まもなく北洋軍閥の袁世凱《えんせいがい》が大総統となった。

ふっ。さすが俺。世界史もばっちりだぜ。

だが千和には通じなかったようで（クソつまらないので当然だが）、ますます目を三角にして真涼を見つめる。

「ね、何たくらんでるの？　あたしの目を見てみ？」

「またまた。そんなことを言って、目から体液を放出して私の頸動脈《けいどうみゃく》を撃ち抜こうとしたってそうはいきませんよ」

空烈眼刺驚《スペースリパー・スティンギーアイズ》を警戒する真涼は、さっと目を逸《そ》らす。

千和が見つめる。

真涼が逸らす。

果てしなく続くかと思われた鬼ごっこであるが、真涼の視線が机の一点に固定されたことで、着地点を見いだした。

「あらあら、こんなところに」

真涼はコンビニの袋を取り上げた。

「肉まん。もしかして、私のぶんですか？」

あっ、という声なき声を俺たちは上げた。

「なんというお心遣いでしょう。普段こういったものを食さない私ですが、今日ばかりはその優しさとともに頂こうではありませんか」

止める間もなく、真涼は肉まんにモグリとかじりついた。

激辛Ｗチーズ肉まん。

「………………」

「………………」

さっきよりさらに重い沈黙が、部室を包み込んだ。
ゴ　ゴ　ゴ　ゴ　ゴ……。そんな擬音がバックに流れていることだろう。
やがて。

「うふふ」

と。

真涼は赤い舌をチロリと覗《のぞ》かせ、唇を舐《な》めた。

「ああ、なるほど。こういう味なんですねえ。裏切りの味というのは」

平然と微笑を浮かべているが……俺の位置からは確かに見えた。唾液《だえき》に濡《ぬ》れたその唇が小刻みに震え、ひーひーという小さな呼吸を発している。

「イヤあの夏川、これはね、」

「問答無用ッッッ！　ストレイツォ容赦《ようしゃ》せんッッ‼」

残りの肉まんを千和の口に放り込みッ！

そのまま顎《あご》をねらって掌底《しょうてい》によるアッパーカットォ！

「タコス！」

女装ジョセフに回《まわ》し蹴《げ》りを喰《く》らったナチス兵と同じ悲鳴をあげ、千和がのけぞる！　ＪＫがその悲鳴はどうかと思うぞッ！

「絶望にィイイィ！　身をよじれェエエエエイ‼」

こちらも全国ＪＫらしくないセリフ選手権トップ５には入りそうなセリフをのたまいつつ、真涼が追撃する。

「こっちが友好的な態度に出てみたら、つけあがってくれちゃいますねえ春咲さんッッ！」

「友好的⁉　どこがっ？」

「シュークリーム買ってあげたでしょうがあああああ‼」

「拾ったんでしょうがあああああああああああああ‼」

真涼がぶん投げたペットボトルをキャッチして千和が投げ返す！

しかし命中せず、小上がりにいる金髪ツインテにすかぽーんと直撃した。「なぁっ」とリス子が息を呑《の》むなか、それでも、真那は原稿から顔を上げない。ガリガリガリガリ。すげえ、すげえよ豚先生。お前の株が俺の中で暴騰《ぼうとう》中だよ。

「ちょっ、二人ともやめなさいよ！」

毎度のごとく正義感にかられて止めに入った我らが風紀委員長だが、これまた毎度のごとく、飛んできた肉まんの流れ弾を顔面にくらった。

「目、目に激辛がっ！　か、辛いのが目にぃぃぃっ‼」

のたうちまわるあーちゃんをかばって、ヒメが前に進み出る。「マスターの仇《かたき》！」。書き損じの原稿を紙吹雪《かみふぶき》のようにばらまいて、千和と真涼の目を眩《くら》ませる。むろん、事態を混乱させただけである。二人が投げつける凶器はますます方向を見失い、壁や窓に当たって乾いた音を立てる。

夏の東京《とうきょう》合宿、お台場《だいば》で起きた修羅場の再現であった。

「……はぁ……」

せっかくのシュークリームを抱えて避難させつつ、俺はため息をついた。

こんなんで、秘密の告白なんかできるのか……？

◆

さんざん暴《あば》れ回って、部室がしっちゃかめっちゃかになった後——。

「えー、はい。それでは気を取り直しまして」

白衣をまとった真涼さんは、仕切り直すように言った。前髪の毛先に肉まんの餡《あん》がちょっとついてるけど、ほっとこう。

「いよいよ今年もあと一ヶ月と少し、恋愛脳どもがクリスマスを前にパコパコと盛り出す季節ですが、我々は一丸となってこのイベントにぶち当たります！」

パチレモン復刊前夜祭！　クリスマスイベント！

おおっ、という声が千和たちからあがる。

　俺は昨日聞いてるから、驚きはない。

「先ほどクソ寒い外で並んでいる最中、みかん編集長と電話会議を行いました。パチレモンの復刊は来年四月を予定。その復刊イベントを三月あたりに行う予定でしたが——昨今巻き起こっている『プリン』ブームに乗らない手はないッ！　ということで、プレイベントを急遽《きゅうきょ》開催することにしたのです」

「それを、クリスマスにってわけ？」

　あーちゃんが口を挟《はさ》む。

「素敵なアイディアとは思うけど、会場とか準備とか大丈夫なの？」

「問題ありません。羽根《はね》ノ山《やま》産業会館を押さえてあります」

「あの駅前にあるおっきなホール？　あそこでやるんだ？」

　修羅場の最中で奇跡的に無事だった最後の牛すじ串を味わいながら、千和が言う。喉元《のどもと》すぎればなんとやら、あれだけ争ってたわりに、ケロッとしたものである。

　あーちゃんは目を丸くした。

「あんな立派な会場、よく借りられたわね。しかも年の瀬に」

「こんなこともあろうかと、根回しはしておいたんですよ。あそこは、夏川系列の資本が入っていますから」

　必殺の「こんなこともあろうかと」が出た。便利なセリフだ。

真涼の用意周到《よういしゅうとう》さは、もはや鬼神の域に達している。

ことがビジネスの分野であれば、何があってもどんとこい、である。

この賢明さが、少しでも人間関係に発揮《はっき》されればなあ……。

「イベントの内容は、グッズ販売、パチレモンwebで紹介した服の試着会。先ごろ開設したYouTubeチャンネル『パチレモンチャンネル』の公開生配信、さらにはモデルの撮影会、握手会、そしてファッションショー。ざっとこんなところですね」

内容は俺も初耳であった。思った以上に盛りだくさんである。いつのまにかYouTubeまで開設されていたとは。

俺が知らないところでも、真涼はいろいろ動いてたってわけか……。

「そういうわけなので、秋篠さん。当日のご予定は大丈夫ですね？」

「メールで返信した通り。問題ない」

湯呑《ゆの》みでお茶を飲みつつ、ヒメが頷いた。

「ついでに、春咲さんと冬海さんは？」

「私たちついでなのっ⁉」

「ついでが嫌なら、おまけで」

「あんまり変わってないんだけど⁉　愛衣ちゃん大グリコ！」

抗議するあーちゃんに、真涼はチッチッと指を振る。

「もちろん、お二人にも演者として活躍してもらいますよ。みかんさんのツテで、他にも数人のモデルを呼びます。ですが――あくまでメインは秋篠さん。いいえ、『プリン』です！」

真涼はタブレットを印籠《いんろう》のように突きだした。

そこには、カラフルなロゴが映し出されている。お洒落《しゃれ》というか、キュート&ポップというか、ともかくなんか良さげな感じの、プロがデザインした本格的なやつである。

黒とピンクのみで構成されたそのロゴが刻む文字は、もちろん「P・U・R・I・N」。

「これ、わたしのロゴ？」

目を丸くして、ヒメは画面に見入った。

「わー、ヒメッちいいなー。すっごいなー」

「本当にすごいわね。なんだかもう、現実感ないわ」

千和とあーちゃんも、感心することしきりだ。

「読者モデル『プリン』のブームは、こんなものではありませんよ」

真涼はタブレットを操《あやつ》り、折れ線グラフと円グラフを表示させた。

「これは、パチレモンwebへのアクセスを分析したものです。先日の学園祭で行った『かぐや姫』の動画再生回数、何回だったと思います？」

千和が首を傾《かし》げる。

「あれすごかったし、一万とかっ？　んー、二万とか三万？」

「いいえ。ミリオン。百万再生です」

ふえええ！　という声があがる。俺も、思わず声をあげてしまった。

「ちなみに、クライマックスシーンだけを切り取った動画がＹｏｕＴｕｂｅにあがってますが、そちらは三百万です」

「ふえええ……」

「もろもろの動画含めて、パチレモン編集部にはＹｏｕＴｕｂｅからざっと百万円以上の収益がありました」

「ふぇえええええええええええええええええええええええええええええっ⁉」

絶句。

ひたすら、絶句である。

再生数がどうのというより、経済的価値、具体的な金額のほうがやはりインパクトがある。

今や動画配信全盛の時代であるが、そのテクノロジーとカルチャーの進歩が、ヒメの持つ魅力を百万円という金銭に変換してしまったということか。

いやそれにしても。

高校二年生が、ただのコスプレで百万円稼ぎ出したんだぞ？

これって、本当……とんでもないことじゃないのか？

「言っておきますが」

当事者のヒメも含めた全員が絶句するなか、真涼の鋭い声が響く。

「私は、このブームを一過性のものにするつもりはありません。ブームが収束しないうちに、次の一手を打たなくては。そのためのクリスマスイベントです」

「ぐ、具体的には？」

「現在、版元の俊英社《しゅんえいしゃ》を通じて、『アルカナ・ドラゴンズ』の作者である山梨《やまなし》ムッシュ先生と交渉しています。『プリン』を公認コスプレイヤーにしてもらって、いろいろと二・五次元なコラボができないかと」

「……なるほど」

向こうにも十分旨《うま》みのある話である。

ちなみに、「アルドラ」は今も夕方でアニメ放送中。俺のようなオタク層のみならず、小学生くらいのキッズにも人気がある。

「これを足がかりとして、掲載誌である『週刊少年ジャイブ』と提携、パチレディと呼ばれるうちの雑誌モデルから、続々と公認コスプレイヤーを出せるようにしたいですね。俊英社のような大手出版社と手を組めれば、偽檸檬《にせれもん》出版としては願ったり叶《かな》ったりです」

もはや、千和は声も出ない。

あーちゃんすら、話の大きさについていけず、しきりにため息をつき。

俺も、うーん、と唸《うな》って腕組みをするばかりだった。

本当にすごいことになってたんだな……。

上手《うま》くいけば、パチレモンはまさに安泰《あんたい》。全盛期以上の勢いを取り戻すだろう。

それを成し遂げた真涼の力を、あの親父、夏川亮爾《りょうじ》も認めざるをえまい。

「そういうわけですから、よろしくお願いしますね。秋篠さん。春咲さんと冬海さんも」

「いえっさー！」

と、元気よく返事する千和。拳《こぶし》をぎゅっとにぎり、興奮ぎみである。

「あなたたちが脱線しないよう、私が見張っておく必要があるわねっ」

と、あーちゃんも委員長気質を爆発させる。脱線って、あーちゃんの十八番《おはこ》のような気もするがまぁいいや。やる気あるみたいだし。

そしてヒメは、

「――――」

神妙な顔をして、無言のまま小さく頷くのみ。

その真意を、心の底を、窺《うかが》い知ることはできなかった。

話が大きくなってきたが――結局は、春夏秋冬四人の乙女《おとめ》の活躍にかかっている。

様々な葛藤《かっとう》、衝突の危険を孕《はら》むこの四人に。

◆

下校時間になった。

千和は他の友達と帰り、あーちゃんは風紀委員会室に寄って、ヒメたちは近くのファミレスで作業を続けるらしい。

さて俺は。

どこかで勉強していくか、それとも晩飯の買い物をして帰るか思案していると、真涼にそっと袖《そで》を引かれた。

「予行演習、しましょう」

なんのこっちゃと首を傾げると、真涼は画材を片付けている金髪の妹に声をかけた。

「真那。ちょっといい？」

「……よくねーですけど。なに？」

露骨に嫌そうな表情を浮かべる豚。まぁ、そうよな。真涼がふいに声をかけてくるなんて、良からぬことに違いない。

「たいして時間は取らせないわ。ほんの少しだけ時間をもらえないかしら？」

真那は口をへの字に曲げた後、片付け終えたヒメとリス子に「先行ってて」と声をかけた。

リス子は気にした風もなく、ヒメは真涼の顔をちらりと見てから頷いて、部室を去って行った。

残されたのは、三人きり。

「なんのハナシ？　さっさとしてよ。まだペン入れ二十ページ残ってるんだから！」

代名詞である豚の耳もといツインテールを鬱陶《うっとう》しげにかきあげ、真那画伯はのたもうた。いつにも増して気が立っているご様子。締め切り前の作家って怖い。

一方の真涼は、真剣——というより、神妙な顔つきで真那の前に佇《たたず》んでいる。

「あなたに、話しておきたいことがあってね」

「ずいぶん勿体《もったい》つけるじゃない。スズらしくもない。さっさと言えば？」

ここに来て、ようやく俺も気づいた。

予行演習。

まずは真那相手に「秘密の告白」をしてみようってことか。

「私と鋭太《えいた》は、去年まで付き合っていたわよね。あなたも知ってる通り」

「はあ。まあね」

「不思議には思わなかった？　私のような超・超絶美少女が、こんな冴《さ》えないモテないカネもない素人童貞屁理屈《しろうとどうていへりくつ》ガリ勉野郎と付き合うなんて」

「……」

予行演習にかこつけて、好き放題言ってくれたな……。

今さら口を挟むつもりもないが、「素人」は必要なんスか。その肩書きに。

「思ったわよそりゃ。でも、ま、いいんじゃないの。スズの嗜好《しこう》って昔から変わってるし」

男の尻にチューリップを突き刺す嗜好の女は、自分のことをさらりと棚《たな》に上げる。

真涼はいったん目を伏せた後、核心を告げた。

「実はね、あれ――偽装《フェイク》だったの」

「は？　ふぇいく？」

「いわゆる偽装カップル。入学当初、多くの男子から告白されてうんざりしていた私は、鋭太に偽彼氏契約を結ばせることで、告白を断ることにしたのよ」

「………ふうん」

真那の視線が、真涼と俺のあいだで往復する。

真涼の横顔を盗み見れば、眉《まゆ》のあたりに緊張が漂っている。本来、弱みを見せたくない相手である真那の前でこんな顔をするのは極《きわ》めて珍しい。

そんな姉の心も知らず、腹違いの妹はのたまった。

「ハナシって、それだけ？」

「……ええ」

はあっ、とため息が部室に響く。

「シンコクな顔して何を言うかと思ったら、ナニソレ。超どうでもいいんですけど～。アタシのアーティスティックな脳細胞にその記憶を刻まなきゃいけないの、超不快なんですけど〜」

態度悪っ。

そんなだから豚って呼ばれるんだぞ。呼んでるの俺だけど。

真涼は真那の表情をじっと観察していた。告白の反応を見ているのだろう。しかし、豚の顔をいくら眺めたところでブヒブヒうるさいだけ。得られるものなど何もない。

「……言ってみただけよ。時間を取らせて悪かったわね」

「本当よ本当!」

それよりも、と真那は俺に詰め寄ってきた。

「ハナシついでに聞くけどさキモオタ。アンタの友達、どーなってるわけ⁉」

「カオルのことか？」

「そうよ！　こないだの学園祭でママに会わせてあげたでしょ？　その感想をメールで聞いてあげたら、たった二文字よ二文字！　ありえなくない？」

ありえなくなくもない。なくなくなくない。

「二文字って？」

「『別に』だって！　別にってなによ別にって！　もっと気の利《き》いた言葉があるでしょうがっ」

そりゃ、アレだよ！

お前にまっっったく興味ないからだよ！

そんな正解が喉元まで出かかったが、どうにか呑み込んだ。恋愛アンチの俺にだって慈悲《じひ》はある。

「しっかりキョーイクしといてよね！　カワイイ真那サマが怒ってたって！　それとなくさりげなくうまいこと伝えて！　アイツが土下座《どげざ》するように仕向けて!!」

「…………」

難易度高え。

どうしてこの姉妹は、俺に無茶振りミッションばかり言いつけるのか。

真那は小上がりに置いた鞄《かばん》を持つ。学校指定のスクールバッグではなく、海外のブランドもの。もちろん校則違反。さっきあーちゃんが怖い目でにらんでいた。

真涼が呼び止める。

「真那、さっきのことは内緒にね」

「誰《だれ》が知りたがるっていうのよ、あんな誰得情報っ！」

じゃあねっ！　と荒々しくドアを開け閉めして、ヒヅメの音も高く去っていった。

「なんだか、あまり練習にならなかったな」

「まぁ、真那の反応はあんなものでしょう」

勢いよく閉めたから少し開いてしまっている扉を、真涼は閉め直した。

「春咲さんと冬海さんもあんな風に済ませてくれればいいけれど、そうではないでしょうし」

「いや、案外あんなものかもしれないぞ？」

希望的観測を口にすると、真涼は薄い笑みを浮かべた。「だといいわね」。そんな風に言った。

「それにしても真那、最近ずっとご機嫌ななめね」

「カオルとの仲、まるで進展してないからな」

来週月曜、生徒会は集まることになっている。来年三月に迫った修学旅行のしおり作りがあるのだ。そのとき、変に修羅場らなきゃいいんだけどな。


――この時のことを、後に、俺と真涼は悔やむことになる。


もっと強く口止めしておけば良かったと、憮然《ぶぜん》として顧《かえり》みることになる。

だがそれは、もっと先の話。

New パチレモン

爆誕前夜！

新・読者モデル

チワワ

に5つの質問！

Q1 クリスマスといえば？

チキン！　チキン！　チキン！

Q2 ではお正月といえば？

餅！　餅！　餅！

Q3 晴れ着とドレス、どっちが好き？

晴れ着は食べにくいんだよねー。

Q4 お年玉の使い道は？

和牛！

Q5 今年はどんな一年にしたいですか？

それより肉の話しよ？

＃パチレモンからひとこと

食べ物にしか興味ナイ感じが
逆に好感が持てます。

#2 生徒会室の恋模様は修羅場

師走《しわす》。一日。

羽根ノ山《はねのやま》市はこの朝、初霜《はつしも》を観測した。弄《いじ》るぞ。昨年より一週間も早いらしい。十二月の幕開けにふさわしい、まさに「お寒い」ニュースであるが、構っちゃいられない。来週の期末テストに備えて、シコシコ四股《しこ》と相撲《すもう》取りのように勉強しなくてはならないのである。

学園祭が終わったこの時期になると、三年生はあまり学校に出てこない。

ゆえに、昼休みの校内も閑散《かんさん》としてどこか寂《さび》しい。

いっそう寒々しさを感じさせる光景であるが、やっぱり俺《おれ》には関係ない。学食が空《あ》いてラッキー！　ということで、テーブル二席を占領しきつねうどんを啜《すす》りながら英単語帳と仲良くしていた。

「やっ、鋭太《えいた》。やってるね」

Aランチにいちご牛乳を添えたカオルが、トレイを持って現れた。他のやつなら追っ払うところだが、我が親友に閉ざすドアを俺は持っていない。

ふだん通り、前の席を勧めた。

「勉強中に悪いね。声かけようかどうか迷ったんだけど」

「単なる習慣だから。気にしないでくれ」

ランチの最中に単語帳読まなかったからテストの点が落ちました、なんてレベルじゃあ、医学部推薦《すいせん》なんてとても覚束《おぼつか》ない。ゆるぎない学力、安定した成績が俺には必要なのだ。

——それに。

今の俺には、期末テストよりも気がかりなことがある。

「なあ、カオル。学園祭のことなんだが……」

そこで、唇の動きが止まってしまう。

あの、後夜祭でのこと。

二人きりの生徒会室。

あれから一週間ほど経《た》つが、あのときのことが話題に出たことはない。ぱたんと閉じられ、箱の中にしまわれている。

最近、あまり話す機会がなかったのもあるが——正直に言おう、触れるのが怖かった。

箱を開けたら、いったい何が飛び出すのか。

そこにはカオルがいるのか、カオリがいるのか。

それとも、俺が知らない「何か」が——？

「……学園祭でのこと、真那《まな》がなんか怒ってたぞ」

そんな風に、俺は話題をつないだ。少し不自然だったかもしれない。だが、カオルは気づかない風で「なあに？」と聞きながらクリームコロッケを口に運ぶ。

「ほら、学園祭に真那のお袋さんが来ただろ。マリーシャさんっていうんだけど」

「ああ、来てたねえ」

年中酔っ払っている金髪ゴージャス美人のことを、カオルも覚えていた。

「『ママに会った感想を聞いたら、素っ気なくされた』って。真那がぷりぷり怒ってたぞ」

ふむ、とカオルは考え込むように箸《はし》を止めた。

「そんなつもりはなかったんだけどな」

「まぁ、お前はそうだろうな」

「ていうか、なんて返したっけ？」

覚えてないんかい。

「メールでひとこと『別に』だって」

「あー、思い出した。そうかそうか、そうだった」

カオルは食事を再開した。クリームコロッケを食した後、幸せそうにいちご牛乳を飲む。変な食い合わせ。

それにしても、あいかわらず真那には冷たい……というか、淡泊《たんぱく》である。

「今日、生徒会あるんだよね。真那も来るの？」

「そのはずだ」

テスト前であるが、今日は顧問から役員の出席を命じられている。修学旅行についての打ち合わせがあるのだ。

「わかった。フォローしておくよ」

「……そうだな」

期せずして、あの金髪豚野郎を援護する形になってしまった。

「それにしても、やっぱり鋭太は優しいね」

「え？」

「真那のことをそんなに気にしてあげてるなんて。夏川《なつかわ》さんの妹だから？」

優しくしたつもりもないし、真涼《ますず》の妹だからどうということもない。むしろ憎さ千倍まであるのですが……。

しかしまぁ、言ってもわかるまい。

このあたりの心情は、正直に言って俺自身にもよくわからないのだ。

俺は、「優しい」のだろうか？

俺自身には、自分が思う通りに行動している、という自覚しかない。

それが結果的に、誰《だれ》かのためになっているのなら、無論悪い気はしない。

しかし、「優しい」と言われるとどうなのかな……。

◆

そんなわけで、放課後である。

わざわざ生徒会役員を全員集めて、どんな込み入った話があるのかと思いきや――。

「修学旅行の日程決めとしおり作成、例年通り任すから！　信じてるからな‼」

年じゅう日焼け顔の角刈り体育教師はそうのたまい、机に山ほど資料を置いて去っていった。

あいかわらずのマルナゲズムだ。だったらいちいち集合かけるなや。メールかＬＩＮＥでいいだろ。そういうところだけ律儀《りちぎ》にやってんじゃねーよ！

と、悪態《あくたい》のひとつもつきたくなる、俺・生徒会長。

「ま、だいたい予想通りかな」

苦笑して、カオルは肩をすくめる。

出席者は俺、副会長のカオルのほか、会計担当の真那とリス子、そして書記担当の書記クンの五人である。これが現ハネ高の生徒会メンバー全員だ。

「…………」

真那はずーっと、ぶっすーっと、口を豚みたいにとんがらせてそっぽを向いている――って勢いで比喩《ひゆ》ったけど、豚の口はとんがってないな――ともかく、入室以来一度も口を開いてない。

カオルと目を合わせない。

リス子はその隣で、ぼーっと窓の外を眺めて。

さらにその正面では、書記クンがあいかわらずの爆速タイピングでッターンッターン気持ち良い音を響かせている。いったい何入力してんスかね？

「――あれ？」

カオルが急に声をあげた。

「真那、そのバッグ、もしかしてDiorの新作？」

机の上に置かれているダークブラウンのバッグに思わず目がいく。Diorといえば超有名高級ブランド。なんか高そうなバッグだとは思ってたが、そうだったのか。

カオルはにこにこ、さわやかな笑みで真那を見つめる。

「そのデザインなら、学校に持ってきてもそれほどおかしくないね。でも、さりげなくコーデするのは大変そう。真那みたいな子じゃないと似合わないね」

「ま、まままま、まぁ、そうねっ！」

さっきまでつーんと、「誰が目なんて合わせてやるもんですかっ」とばかりにそっぽを向いていた夏川真那さん、ほっぺが一瞬で真っ赤《まか》に染まる。

チョ、チョロい……。

そんな俺の視線に気づいたのか、真那はハッとして表情を引き締める。

「ちょっ、カオル、そんなお世辞言ってもだめなんだからね！　こないだのことちゃんと謝ってくれるまでは絶対許さないんだからホラちょっと聞いてるのアタシの怒りはこんなものじゃ」

「よく似合ってるよ、真那」

「あふんっ」

おーっと、夏川真那選手ダウーン!!

十八番《おはこ》であるツンデレ・バリアにて防御を試《こころ》みましたが、カオル選手の必殺技「白い歯の笑顔《ホワイティング・スマイル》」にて一発で陥落《かんらく》ゥ！　チョロすぎイイイイッツ!!

さあ、脚にきているがァ!?

まだ褒《ほ》め殺しは止まらないぞッッ！

「正直、ふつうの子が持ってもサマにならないと思うけど、そこはやっぱり真那だね。流石《さすが》」

「あふぁ、あう、あうん」

「ルックスがイケてるのはもちろんだけど、生まれ持った気品っていうのかな。真那みたいな素敵な子は、滅多《めった》にいないよ」

「あふぁ。あふぁふぁぁぁぁああああああん」

椅子《いす》から転げ落ちそうな勢いで、ぐにゃんぐにゃんと揺れる真那。強烈なアッパーカットで脳を揺らされたボクサーよろしく、リングもとい机に突っ伏した。ＫＯ。

これが……。

これが、ハネ高一のイケメン様の「フォロー」か……ッッッ。

フォローっていうか、なんかもう落としにかかっている。というかもう落ちてる。ほらもう、なんか豚さん、トロトロに骨まで煮込まれちゃってるし……。

「なぁ～っ」

ぐでんぐでんになっている真那のつむじを見つめ、リス子が呆《あき》れたように鳴いた。ぱしゃり、とスマホで撮影までして。諸行無常。

「さて、修学旅行の日程かあ」

何事もなかったように、カオルは言った。

「先生は大事みたいに言ってたけど、結局前例を踏襲《とうしゅう》するだけだからね。京都・奈良なんて、そんなにバリエーションないし」

「前例っていうと?」

「そこに段ボールがあるでしょ?」

カオルが指差す先には、スチールの棚《だな》の隣に段ボール箱が三つ積まれている。有田《ありた》みかん、青島《あおしま》みかん、三ケ日《みっかび》みかん。みかん三姉妹《さんしまい》。

「中身はなんだ?」

「これまでの修学旅行のしおりだよ。ざっと二十年分くらい」

げっ、と思わず声が出た。

「それ全部に目を通して、日程を組むのか?」

カオルは笑って首を振る。

「そうしたかったらしてもいいけど、京都のぶんだけ、それも直近五年分くらいでいいんじゃない？　昔の見ても、今と違いすぎて参考にならないし。スマホとかない時代だから」

ああ、と頷《うなず》いた。スマホも携帯もなかった時代とは、校則も異なっている。

とりあえず段ボールを開けて、ページを開いてみた。かび臭さが鼻をくすぐる。紙も茶色に変色してて、年代物だな。

まだ新しめのものを四、五冊見繕《みつくろ》った。

「……なんか、どれも中身は似たり寄ったりだな、しおりって」

「テンプレートがあるからね」

行き先が京都のものを選んで、一冊に決めた。これを参考にしよう。

「じゃあこれを元にして日程を決めて、それからしおりを作ってという感じの流れかな。原稿については、書記クンに任せていいか？」

ッターン、ひときわ高い音が返ってきた。ＹＥＳらしい。快諾ありがたいけど、人間の言葉でコミュニケートしようよ？

「ふ～ん、京都ってオテラとジンジャばっかりなのね」

いつのまにやら立ち直っていた真那さん、しおりのひとつを手にとって読み始めた。

「このジヌシジンジャってのは、なに？　なんかやたらハートマークがついてるけど」

「それは『じしゅ』って読むんだ。前に話したことあっただろ」

地主《じしゅ》神社の話は、以前にも真那の前でしたことがある。

縁結びのパワースポットとして知られていて、その境内《けいだい》には十メートルほど離れた二つの石があり、目を閉じたまま石から石に辿《たど》り着けると、恋が叶《かな》うと言われている。

最古の記録は室町時代にもさかのぼるというこの言い伝えを信じて、今日も多くの恋愛脳どもが「石渡り」に挑戦していると聞く。

「へー。そんなラブなカミサマがいるのねえ」

ちらっ、と真那はカオルを見た。

カオルはにこっと微笑《ほほえ》みを返して、

「真那だったら、そんな神頼みなんかしなくても、モテモテだよね」

「ふ、は、ははははは、ああああ、当たり前じゃないのっ⁉　こっ、こんなの、自分に自信がないコがやるのよねっ！」

条件反射でふんぞり返る豚。こいつのツンデレも業《ごう》が深いなあ。

「鋭太は、どうする？」

「どうするって？」

「地主神社は毎年コースに組み込んでいるんだけど、構わないかな？」

「……ああ」

俺は親友の言わんとするところを察した。

恋愛脳の権化《ごんげ》みたいな場所だけど、恋愛アンチの鋭太は大丈夫？　的な意味だろう。

「公私混同はしない。定番の場所だから組み込めばいいいんじゃないか？」

と、模範回答を示した。

「もうひとつ、方法があるよ」

ところがカオルは議論を続けてきて、

「コースには組み込まないで、しおりに情報を載っけるだけに留めておくんだ。三日目の自由行動のとき行きたい人だけ行ってください、的にね」

「……何がどう違うんだ？」

「自由行動なら、クラスの斑分けに縛られないで好きな人と行けるでしょう？」

ああ、と思わず膝《ひざ》を打ってしまった。

ことが恋愛なだけに、誰と行くかは非常に重要だ。

そのジンクスが上手《うま》くいった先ですぐに告白、なんてイベントもあるかもしれない。

「鋭太の場合、チワワちゃんもあーちゃんも、秋篠《あきしの》さんも鋭太と行きたがるでしょう？　夏川さん以外はクラスが違うから、そっちの方がいいんじゃないかなって」

「…………」

そこまで気を回されていることに、戦慄《せんりつ》を覚えてしまう。

もうなんていうか、親切とか気が利《き》くって域を超えているような……。

「そうだな、考えておくよ」

そんな風に、ひとまずお茶を濁した。


地主神社、か。

真涼以外の三人は、確かに行きたがるだろうなあ。

……いや、真涼も行きたがる、か。

恋占いの石の話を知れば、必ず破壊に動くだろう。

地主神社は重要文化財に指定されている。縁結びの石も、一説には縄文《じょうもん》時代のものであるというくらい、唯一無二のものである。破壊したら、停学くらいじゃすまないのではなかろうか？

「真涼には、内緒にしなきゃな」

神社仏閣《ぶっかく》に興味を示すようなやつじゃないから、まぁ、大丈夫だろう。

◆

「美少女起業家が、恋占いの石を、ぶっこわーす」

………。

二学期の〆《しめ》となる期末テストを明日に控えた、教室での自習時間。

不穏な独り言が隣の銀色から聞こえてきた。某政見放送のパクリである。最近こいつ、動画配信に傾倒してんなあ。

「………」

お前別に起業はしてねーじゃねえかとか、あの党の炎上をからめた破壊的戦略ってお前そっくりだよなとかいろいろツッコミどころはあるのだが、とりあえずスルーしてガリゴリガリゴリ。反応したら負けだと思い、俺はひたすら微分積分との格闘に専念する。

「あら、鋭太。聞こえなかったのかしら。恋占いの石を、ぶっこーわす」

………。

独り言じゃなかったんスか……。

今度は笑顔で、ポーズつきでやってくださった。ぶっこわーす。思わず釣られてやりそうになるが、いやいや。学年一位の季堂《きどう》鋭太様はそんな安い男じゃありませんよ。

「修学旅行。京都地主神社行くのよね？　生徒会長」

「………」

ガリゴリ。

「日程を組むのはこれからだそうだけれど、自由行動というものもあることだし。ふふ、縄文時代から存在する石というのは眉唾《まゆつば》だけれど、破壊のしがいはありそうよね。中から柱の男とか出てこないかしら」

出ねえよ。ガリゴリ。

「目をつむって歩いて渡れば恋が叶うなんて……ミジンコ程度の知能しか持たない恋愛脳らしい伝承ね。ふふ、天下の往来で目をつむって歩いていたらどんな危険な目に遭《あ》うか——その体に刻んであげましょうよ。鋭太が」

実行犯俺かーい。ガリゴリガリ。

「鋭太。お返事はどうしたの？　そのマヌケ極《きわ》まりない失敗ヅラの横についてる耳はお飾りかしら？　もしもーし？」

「…………」

「しょうがないわね」

と、真涼。

あきらめたようなため息をついて。

「明日からの期末テスト期間中、ずぅっと、あなたの耳にだけ届く声で『セックス』と連呼するけれど、その中で果たして学年一位を維持できるかしらねえ……。ああ、そういえばあなた医学部推薦狙《ねら》ってるのだったかしら、うふふ残念ねあきらめたほうが」

「ハイなんでしょうか真涼さんッ!!」

脅《おど》されてる……。

めっちゃ、もう、脅迫《きょうはく》されてる……。

「真涼〝さん〟？」

悪の帝王は、勝ち誇った笑みで顎《あご》をしゃくる。

「言い直しなさい」

「……ま、真涼様……」

「とっても綺麗《きれい》な？」

「ますずさま」

「いつも素敵な？」

「マスズサマ」

よろしい、と満足げに頷く。とてつもなく素敵な笑み。

「じゃあ、恋占いの石は破壊するということで。発破《はっぱ》と偽造パスポートと航空チケットはこちらで用意するから、あなたは身ひとつで構わないわ」

「もう、高飛びの準備まで……」

京都行った後、世界に羽ばたくことになるのかーヤッター。

——イヤイヤイヤイヤ、やらないからな⁉

「まあ、その辺りは、おいおい計画を練りましょう」

あっさりテロ計画の話題を収めると、真涼はふわ、と大きなあくびをした。

「お前があくびなんて、珍しいな」

「ここのところ、例のクリスマスイベントに追われていてね。寝る暇も惜しいわ」

一連の会話は、すべて周りには聞こえない。俺たちの耳にだけ届くギリギリの声量で行われている。真涼のせいで俺までそんな特技を身につけてしまった。

「あまり無理しないほうがいいんじゃないのか？　テストだってあるのに」

「テストなんて、私は適当にしてても点数とれるもの」

「……ちくしょう。そうだったな」

頭のデキが俺とは違うんだった。まったく勉強してなくても、学年十位くらいは楽勝の頭脳をもっている。まったく神は不公平だ。

「学校の試験なんかより、ビジネスの方が重要よ」

真涼のまなざしは、遠くを見据《みす》えている。

同じ教室にいながら、テスト勉強に励《はげ》むクラスメイトとはまったく別のところを見ている。

そこにあるのは巨万の富であり、ビジネスの実績であり、そして父親からの離脱――すなわち「自由」だ。

「当日はたくさんの企業が視察に来るのよ。東京《とうきょう》から俊英社《しゅんえいしゃ》の広報の人も来るし、偽檸檬《にせれもん》出版社の重役や、プリンに興味を持っている芸能事務所や地元テレビ局、アパレルメーカー、セレクトショップの担当者、それに——」

真涼はいったん言葉を切る。

「あの男が——夏川亮爾《りょうじ》が、来るわ」

「……そうか」

「私が呼んだのよ。ひとまずの成果が出たから、視察に来て欲しいと」

夏川亮爾。

真涼の父親の名前であり、夏川グループを束《たば》ねる男の名前である。

真涼は、この男に取って代わろうとしている。この男を利用し、やがて凌駕《りょうが》して、その地位を奪おうというのだ。

「正念場だな」

「ええ。最初のね」

これから、いくつもこういった戦いを乗り越えていかねばならない。

いくら真涼が「悪の帝王」とはいえ、まだ高校生の身。耐えきれないこともあるだろう。しかも、このイベントの後には「秘密の告白」という試練も待ち受けている。

共犯者としては、少しでも支えてやりたいところだ。

……テロ計画以外で、な。

◆

そんなこんなで、光陰矢《こういん》のごとし。

期末テストが始まって、終わって、結果が発表された。

季堂鋭太は、またもや一位の成績を獲得した。

もはや、学校内で噂《うわさ》にもならない。俺が一位なのはもう当たり前、ふつーのこと。横綱が勝ってもニュースにならないのと同じで、仮に噂になるとしたら、俺が二位以下に陥落したときだけだろう。

「これなら、推薦は確実に取れるでしょうね」

女性の担任教師は、職員室でそうねぎらってくれた。

「二年次までの成績で推薦状は書くから、三学期のテストでよほど酷《ひど》い点を取らない限りは大丈夫でしょう。生徒会長という実績もあることだし、校長も気持ち良く推薦状を書いてくれると思うわ」

「ありがとうございます！」

「ああ、もちろん気は抜いちゃだめよ？　推薦されたらまず合格とはいえ、いちおう入試だってあるんだからね」

もちろんである。
誰が気など抜くものか。
最後の最後まで、駆け抜ける所存である。

クラス	真祖
レアリティ	SSR
	場に出た時、相手と自分のユニットをすべて破壊する（このユニットは含めない）。相手の本体に「このバトル中、自分のターン中に自分の本体がダメージを受けた回数」のと同じダメージ。
【3コスト呪文として使う】	相手のユニットすべてに「このバトル中、自分のターン中に自分の本体がダメージを受けた回数」のと同じダメージ。
【変化時効果】	自分の場に、デッキから【屁理屈戦士・ガリベン】を1体出し、変化させる。その後、破壊する。

#3 クリスマスイベントは修羅場

十二月二十四日。

クリスマスイブ、である。

恋愛脳の祭典であるこの日。恋愛アンチの真涼《ますず》さんが最も猛《たけ》る日でもある。「さあ鋭太《えいた》、聖夜を性夜としか思っていないパコっと盛《さか》るバカップルどもを血祭りにあげるわッ」とか「ねえ、どうする？　今日のサンタ狩り」とか、そんなことを言い出す夜。

だが、今年はそれどころではない。

真涼も、そして「自演乙《じえんおつ》」としても、大勝負を迎えている。

パチレモン復刊！　プレイベント！　～聖なる夜をモテカワに～

そんな風に銘打たれたイベントは、入場無料である。

グッズ販売等は行うものの、このイベントそのものでペイしようとは考えていない。目的はあくまで宣伝。このイベントが数々の雑誌やニュース、ネットで取り上げられることによって、「新生パチレモン」を広くアピールしようという狙《ねら》いである。

NEWパチレモンの方針は、真涼の語るところ二つである。

①地方発！

②積極的なコラボレーション！

　その①は説明の必要はないだろう。東京《とうきょう》一極集中に背を向けて、あくまで地方《ローカル》で攻めていく。地域密着。羽根《はね》ノ山《やま》市だけのデートスポット、グルメスポット、トレンドを紹介していくのである。もちろん、それだけではない。「沖縄《おきなわ》では今こういうファッションがある」とか。「北海道《ほっかいどう》のＪＫだけで流行《はや》っているおまじない」とか。そういった読者からの情報を集めて、パチレモンというブランドで発信する。

　休刊したとはいえ、パチレモンの知名度は高い。

　全国には、あーちゃんみたいな根強い愛読者がいて、彼女らが全員「記者」となる。

　いまや動画サイトとＳＮＳの活用で、「一億総マスコミ」みたいな時代である。パチレモンｗｅｂやパチレモンチャンネルによって、そういったＪＣＪＫ記者たちを束《たば》ねていくのが、帝王真涼の策略である。

　ただ――。

　地方発ということは、ようするに「マイナー」である。

　中学生や高校生は、都会に憧《あこが》れるお年頃《としごろ》。メジャーな存在に目を奪われるお年頃。真涼の戦略は中小企業の戦略としては正しいが、夏川《なつかわ》グループというメジャー企業の中で存在感を発揮《はっき》できるかというと、心許《こころもと》ないものがある。真涼が認めさせたい、認めさせねばならない父親に言わせれば「所詮《しょせん》、傍流《ぼうりゅう》だね。大出版社《だいしゅっぱんしゃ》には勝てないよ」ということになるだろう。

そこで②の「コラボレーション」が生きてくる。

都会のメジャーな存在――漫画であったり出版社であったり芸能人であったり――とコラボすることによって、「私たちは彼らの仲間です」『イケてるグループなんです」と印象づける。

今をときめく数々の有名ＹｏｕＴｕｂｅｒが、コラボを活用して再生回数や登録者数を増やしてきた。

その手法をパクろうというのが、夏川真涼の策略である。またまたやらせていただきましたァアァアン。

もちろん、いわゆるメジャーな先駆者たちに、ただ「コラボしてくだちゃい♥」と言っても受け入れられない。向こうにもメリットがなければ、休刊した雑誌とコラボなんてしてくれるはずがない。

そのための決戦兵器となるのが。

我が姫。我が女神。我がスイーテスト・ハニー。

秋篠姫香《あきしのひめか》というわけだ。

◆

そんなわけで、当日。

午前十一時。冬空蒼《あお》く澄み渡る快晴のもと、開場一時間前に現地入りした俺《おれ》は、西側ゲートにたむろする人の群れを見て度肝《どぎも》を抜かれた。

「なっ、なんじゃこりゃっ⁉」

まず驚いたのは、その人数である。

百人くらいは並んでるのかなあ、いやそれは楽観的すぎか？　みたいに思っていたのだが、実際に並んでいるのは千人どころではなかった。列が長すぎて公道まではみ出ていて、係員が必死に「敷地内に並んでくださーい」と怒鳴っている。その声はガラガラで、もう何時間も前からそうしているのがわかる。隣のショッピングセンターから出てきた親子連れが「何事？」みたいな顔で眺めていった。

人気バンドやアイドルがここでイベントをやったとき、ニュースで見たのがこんな感じだったように思う。

ヒメの人気は、もうその域にまで達しているというのか……。

列を眺めながらただただ立ち尽くす俺であるが、ふと、あることに気がついた。

あまりよろしくない事実だ。

盛況《せいきょう》なのは良いことだが、これはちょっと……まずいのでは？

「おーっ。おはようです季堂《きどう》氏！」

そんな風に明るく声をかけてきたのは、水木《みずき》みかん編集長。おひさしぶりのご登場である。真冬だというのに汗びっしょり、列の整理に駆けずり回っていたようだ。

「ども、こんちはっす。……すごい人ですね」

「ええもう。私たちの想定をはるかに超えていまして。係員が足りないので、私まで駆り出されてしまいました。嬉《うれ》しい悲鳴です」

ばんざーい！　と編集長は両手を挙げる。子供みたいだ。

「冴子《さえこ》さんや、他のみんなは？」

「お冴さんは物販ブースの責任者として準備に追われてますです。サマーリバーさんたちは、控え室で着替えやメイクの真っ最中ですよ」

なるほど、準備は順調なようであるが……。

「あのう、ところで編集長」

「はい？」

「見たところ、読者層と全然違う客しか来てないんですが」

並んでいる客の多くは、二十代から三十代の男性。なかには四十代、五十代と思《おぼ》しき男性も多く混じっている。おそらく「ブヒルデ様」目当てのオタクたちなのだろうが、パチレモンを愛読するＪＣやＪＫからはほど遠い存在である。だって列、黒いもん。なんでこいつら、そろいもそろって髪も服もバッグも黒で揃《そろ》えてるんだ……。

「大丈夫なんですか？　これじゃあ、本来の読者が回れ右して帰っちゃうんじゃ」

みかん編集長はニヤリと笑った。

「そこは問題ありません。ブヒルデ様の出るステージの列はこの西ゲートで、普通のモテカワレディたちは反対側の東ゲートに並んでもらってます」

おお、なるほど。ちゃんと棲《す》み分けてたのか。

「そっちの列はここの半分ほどですが、今回はそれで十分だと思ってますです。まずはイベントを成功させること。知名度をあげることですよ」

「まったくですね。さすが編集長」

「並ばせる場所を変えようというのは、サマリバさんの……夏川プロデューサーの発案ですよ」

知らないあいだに、横文字の肩書きがついていた。

「夏川グループ総帥《そうすい》のお嬢さんだけあって、ビジネスの才覚は折り紙つきですねえ。本当、末恐ろしいくらいですです！」

「……そうっすね」

真涼が褒《ほ》められて俺も鼻が高いが、「あの男」の娘だからと言われると、素直に喜べない。きっと、真涼も同じ気持ちだろう。

夏川亮爾《りょうじ》の引力圏から逃れるのは、やっぱり簡単じゃないぜ。真涼。

◆

みかん編集長に教えてもらった控え室に行くと、着飾った千和《ちわ》が出迎えてきた。

「ぢゃーんっ！　どう、えーくん、このお洋服！」

おお、かわいい。

ひらっとしたベージュのスカートに、フリフリがあちこちについたウールセーター。なんかガーリーというか、お嬢様っぽい感じで、千和があまり着ないタイプの服だ。

「意外に、似合ってるな」

言ってから、「意外」は余計だったと思う。

だが千和は「でしょでしょ!?」と勢いこんで頷《うなず》き、

「あたしも着る前は『えっ待って！　むり！』って思ったんだけどさ、着てみると意外！　マジ悪くないじゃんってなってー！　めっちゃ写真とってみんなに送っちゃった！」

千和の頬《ほお》が紅潮《こうちょう》している。いつにも増して、テンション超高い。食欲魔神の千和にしてこれだ、やっぱ女の子っておしゃれでアガるもんなんだなあ。

「それは、千和の体型に合ってるからよ」

と、おしゃれマスター冬海《ふゆうみ》さんのご登場である。

ぴったりとしたレザーパンツと、革ジャン。

これまた、あーちゃんには珍しいファッションだ。いつもだいたいスカートだから、パンツルック自体新鮮である。しかし、よく似合ってる。冬海愛衣《あい》という存在が持つ「凛《りん》」の部分が強調されて、なんか女性ファンが増えそうな感じ。

「同じようなデザインの服でも、体型にあってるかどうかで全然違うのよね。普通のガーリースタイルだと、千和は背伸びしてる感が出ちゃうけど、今回のはハマッてる。ちゃんと千和の体型を見て選ばれた服だからよ」

「さすが詳しいなあーちゃん」

「ぜんぶ、衣装さんの受け売りよ」

ぺろっ、と舌を出してみせる元婚約者。

二人ともメイクばっちりである。夏の東京合宿のときも撮影用のメイクはしたが、今回はそれよりさらに派手で、濃いめである。ステージに上がるっていうのは、そういうことなんだな。

「ところで、真涼とヒメは？」

「夏川は、さっき打ち合わせがあるって出ていったよ。もーずっと出たり入ったり、めっちゃ忙しいみたい」

「私、びっくりしたんだけど。夏川さんって名刺持ってるのね。さっきロビーで見かけたとき、立派な背広の男性とサラッと名刺交換してたわ。制服着てなかったら、もう大人にしか見えないわね」

あーちゃんは心底《しんそこ》感心しているようだった。確かに、教室で小学生みたいに「セックス！」連呼している女と、デキる女性プロデューサーはなかなか重ならない。

「ヒメは？」

「ヒメっちは控え室別なんだよ。真那《まな》っちとリスっちが付き添ってるから大丈夫じゃない？」

「へえ。あの二人まで来てたのか」

まぁ、あの二人は来るなと言っても押しかけてきそうだけど。

篤《あつ》い友情である。

「それにしてもヒメは別室って、やっぱ別格なんだな」

「だってヒメちゃん、取材まで受けてたのよ。それも三件。『週刊少年ジャイブ』と、ネットニュースと、あとウイングTV」

「テレビまで来てるのか」

ウイングTVは、羽根ノ山ローカルのケーブルテレビ局である。「おらが街のアイドル」に目をつけたか。

放映される地域は狭いが、テレビに出るというのは、ネット全盛の今でも結構なバリューである。

「ところでえーくん、外の様子はどう？　お客さん来てた？」

千和が緊張の面持《おもも》ちで聞いてくる。

「めっちゃ来てたぞ。ビビるくらい。たぶん、会場は満員になるんじゃないか」

ひえええ、という声が重なった。あーちゃんまで一緒になって叫んでいる。

「どっ、どどど、どーしよう愛衣⁉　なんか、脚ふるえてきちゃった！」

「おっ、落ち着きなさいよ！　リハーサルでやった通りにすればいいんだから。こう、ステージの中央でくるっ、と回ってあ痛っ！」

回ったとき、椅子《いす》に脚をぶつけて悶絶《もんぜつ》するあーちゃん。うーん、この方が俺的には可愛《かわい》いけどな……。

「何を怖《お》じ気《け》づいてるんですか？」

声に振り向けば、夏川真涼が立っていた。やり取りに夢中で、入室に気づかなかった。

おお……。

これまた、鮮烈な。

いわゆるフォーマルドレスと言われるタイプの衣装で、大胆に肩と胸元《むなもと》を出している。しかし、特筆すべきはその色。胸元から足首を隠す長い裾《すそ》に至るまで、すべてシルバー、銀色なのである。銀といっても、貴金属のギラギラ飾り立てる銀色ではない。もっと機能的でスマートな銀。メカニカルというか。ともかく異質で、未来的なイメージ。

ボーカロイド的、とでも言ったら、その手のひとにはわかりやすいだろうか。

真涼が元々備えている人間離れした異質な美貌《びぼう》を、ますます引き立てて。

見る者の目を奪わずにはおかない、磁石のような吸引力がある。

「何を見とれているの？　鋭太」

「い、いや……べつに」

真涼は肩をすくめて、千和とあーちゃんに視線を移した。

「観客の多くは秋篠さんというか、ブヒルデ様を見に来てるんですから、そんなに緊張することはないんですよ。私たちはおまけです」

「それは、わかってるけどさぁ」

ぶー、と千和は唇をとがらせる。

「それにしても夏川さんは、女子高生っぽくない服ね」

「変ですか？」

「ううん。素敵だけど……パチレモンのコンセプトとは違うんじゃない？」

長年の愛読者、あーちゃんならではの意見である。

「雑誌のコンセプトを体現するのは、春咲《はるさき》さんと冬海さんにお任せします。秋篠さんがスターであり、憧れの非日常だとすれば、一般的なＪＫＪＣの日常を表現するのは、お二人のような普通の女の子なのです」

うーん、ものはいいようである。

「じゃあ、夏川は何をタイゲンしてるの？」

「私は――帝王」

と、真涼さん。

唐突にジョジョ立ちをキメてみせる。今回は十四巻の表紙。指をさすな指を。

「今回のステージ、最後の挨拶《あいさつ》を決めるのはこの私です。本イベントは私が出資し、私が企画し、私が作り上げたということを観客の前で宣言します。パチレモン復刊の狼煙《のろし》を、私の声によってあげるのです！」

真涼のファッションの意図を、俺は理解した。

無機的でボカロちっくな衣装を選択したのは、自分が人間離れした存在であることを見る者に印象づけたいのだ。

いくら頭がキレるとはいえ、夏川グループ総帥の令嬢とはいえ、高校生。

大人には侮《あなど》られることもあるだろう。

そういった無言無形の偏見を吹き飛ばすための、異質なファッション。

自分は普通の人間ではない、お前たちの上位に君臨する帝王なのだと、民草《たみくさ》に知らしめるための「武装」ってことだな。

その時である。

ノックの音がして、白いスーツの男性が入ってきた。

提携する企業の人かと思いきや、一瞬で「違う」とわかる。彼もまた、異質な雰囲気をまとっていたからだ。

まず、目つきが違う。鋭い――というのとは違う。むしろ穏《おだ》やかだ。静かで、落ち着いている。だが、どこか抜け目ない、じっと狩猟《しゅりょう》の機会をうかがう獣のような威圧感がある。

「お話し中、失礼するよ」

その声も、口調《くちょう》も、洗練されている。おどおどしたところがなく、すっとその場に溶け込んでいく。いわゆるカリスマというのは、こういうことなのだろう。自然と大衆を畏《おそ》れさせる何かがある。

何度会っても、息苦しさを感じるこの男。

そう、この男は――。

「やあ。はじめまして。真涼の父親です」

名乗ると、千和とあーちゃんがえっと声をあげた。

「あ、えーと、春咲千和です！」

「冬海愛衣です、はじめまして」

あわてて挨拶する二人を、真涼の親父はじっと無遠慮《ぶえんりょ》に見つめた。隠すことなく、値踏みする。自分の娘の学友に相応《ふさわ》しいのかどうか、見定めるような目つきだ。

千和がぶるっ、と身ぶるいする。あーちゃんも緊張を眉《まゆ》のあたりに漂わせた。

「――いつも娘が、世話になっているね」

果たしてお眼鏡《めがね》にかなったのかどうか、そんなありきたりの口上を男は述べた。

それからニコッと笑顔を見せると、無表情で佇《たたず》む真涼に向かって言った。

「盛況のようだね、真涼」

「はい。おかげさまで」

「廃刊していた雑誌を、これだけのイベントを開けるまでに復活させた。なかなかの手腕だよ。子供にしては」

娘を褒めつつ、少しひっかかる物言いをする。

「お前も、ステージに上がるのだろう？」

「ええ。〆《しめ》の挨拶をすることになっています」

「そうか。楽しみにさせてもらうとしよう」

親父は最後に、俺の肩を叩《たた》いて言った。

「よろしく頼むよ。季堂くん」

「…………」

俺は返事をする必要を認めなかった。親父のほうでもそんなものは期待せず、さっさと部屋を出て行った。

ドアが閉まった瞬間、千和が「だぁっ〜」と脱力した。

「なんか、コワイ人だねー。緊張したー」

「迫力あるわねえ。あれが夏川グループの総帥なのね」

あーちゃんも同意するが、真涼は固い表情で首を振った。

「たいしたことありませんよ。あんな男。私の力を見せつけてやるわ」

真涼の口調には決意と——そして、気負いとが含まれていた。

「私は秋篠さんの様子を見て来ます」

部屋を出て行く。

その足取りは、来たときよりもどこか忙《せわ》しない。

「夏川、ちょっとガンバリすぎじゃないのかな?」

千和の感想は、的を射ていると俺も思う。

あの気負いが、マイナスの方向にいかなきゃいいんだがな……。

New パチレモ!

♥♥♥

爆誕前夜!

新・読者モデル

サマーリバー

に5つの質問!

Q1 クリスマスといえば?

チキン。チキン。チキン。
チカンが混じっててもわかりませんね。

Q2 ではお正月といえば?

餅。餅。餅。
餌が混じっててもわかりませんね。

Q3 晴れ着とドレス、どっちが好き?

ジャージ。

Q4 お年玉の使い道は?

もらったことがないのでわかりません。

Q5 今年はどんな一年にしたいですか?

例年通りでお願いします。

#パチレモンからひとこと

渇きすぎてて草。

#4 イベントが盛り上がって修羅場

中央に飾り付けられた巨大なクリスマスツリーが、開場と共に点灯した。

冬の星座のようにきらめくイルミネーションに照らされるなか、イベント会場はあっという間に満員となった。

「……すごいな……」

ＪＫＪＣ、そしてオタクの群れを縫《ぬ》うようにして歩きながら、俺《おれ》はスタッフから預ったデジカメで会場の様子を収めていく。取材パスを首にぶらさげて、なんだか記者にでもなった気分。良いのがあれば後日ｗｅｂに載るらしい。「男子高校生ならではのシャシンを期待しますです！」と、みかん編集長。まぁ、自由に撮れってことだろう。

各コーナーをそれぞれ見ていこう。

まずは展示コーナー。

パチレモンｗｅｂに載っている衣装やコスメなどが展示されている。それだけなら街の服屋と同じだが、そこは我らが真涼《ますず》さん。プロのスタイリストが常駐していて、無料でコーディネイトしてもらえる。これが女子に大人気。もう長蛇《ちょうだ》の列・列・列で、最後尾のスタッフが「ただいま二時間待ち」というプラカードを持って整理に追われている。

西ゲートから入った俺は、ブヒルデ様目当てのオタクばかりかと思い込んでいたが――なかなかどうして。女子のパワーも負けてないじゃないか。モテカワへの欲求、執着《しゅうちゃく》、恐るべし。

物販も盛況《せいきょう》である。

ｗｅｂ上で千和《ちわ》たちが身につけていたアクセサリーやグッズなんかに、結構な人が群がっている。品質やデザインは、真涼がスタッフと協議に協議を重ねて厳選してるらしい。真涼のセンスは、どうやらウケが良いようだ。

モデルとの握手会、サイン会にもなかなかの列ができている。休刊前のパチレモンに出ていたプロのモデルさんたちが、にこにこ笑顔で握手握手。ファンのさばきかたも堂《どう》に入っている。このあたりはやはり「本職の風格」を感じる。素人《しろうと》モデルにはなかなかできない芸当だ。

なかには三、四十代くらいのモデルさんもいて、「十代向けのファッション誌なのに？」と思いきや、彼女はかつてのパチレモン全盛期を支えた人気モデルらしい。中学生のお子さんと一緒に来たお母さんが、感激の面《おも》持ちで握手しているのを見て、「雑誌に歴史あり」を感じずにはいられない。

さすがは真涼。

こんな風にお母さん世代も取り込むことによって、集客アップを見込んでいるわけだ。

それからフードコーナー。パチレモンｗｅｂで紹介されていたタピオカミルクティーだの、ふわふわかき氷だの、超巨大わたあめだの、ＳＮＳ映えするフードが集められている。なかでもクリスマスということで、デコデコに盛られたプチカップケーキに人気が集中していた。ただ、お値段が……。カップケーキひとつ千円？　高っ。うーん、イベント価格。それでも女子たちは長蛇の列を作っていた。お祭りである。

しかしなんといっても——。
最高最強に客を集めていたのは〝彼女〟だ。

「うおおおおおおおおおおおお!! ブヒルデ様ぁぁぁぁぁぁぁぁぁぁぁ!!」


怒号のような歓声があがるなか、中央奥のステージにスモークが焚《た》かれ、眩《まぶ》しいスポットライトがビームのように飛び交う。

ステージ中央からせり上がるように出現したのは、ブリュン・サタナ・ヒルデ。超人気少年漫画「アルカナ・ドラゴンズ」の最人気ヒロインであり、「ブヒルデ様」の愛称で親しまれる十五歳の少女、その化身《コスプレ》である。

漆黒《しっこく》のドレスが、黒曜石《こくようせき》のようなきらめきを放つ。

深く開いた胸元《むなもと》から覗《のぞ》くのは、やわらかな白い谷間。

すらりとした太ももを包むのは、薄いタイツ。肌色がうっすらと透けて見える。

その艶姿《あですがた》は、遠目からでも、見る者の心をドキュンと射抜く。

ともかくセクシー。セクシィ。せっく、すぃぃぃぃぃぃ〜。

いや、もう、とにかくたまらん衣装に身を包むのは、我がプリンセス・秋篠姫香《あきしのひめか》。

——いや、超人気モデル「プリン」だ。

「うわー実物やっべ……」

「マジクオリティたけえよ」

「プリンちゃーーーん！　こっち！　目線くださーーーーーい！」

観客から次々にあがる称賛の声。

みんなスマホを頭上に掲げ、えいえいっと必死に背伸びしながらヒメを映像に収めている。

ふつう、こういうイベントは撮影禁止であることがほとんどなのだが、真涼はむしろ「撮影推奨《すいしょう》」している。「今はもう、情報を規制するような時代ではありません」「がんがん公開、がんがん拡散。SNSにあげてもらって、盛り上がってもらう。こちらにはメリットしかありませんよ」。

この光景を見ていると、その考えは正しいと思う。

彼らはこの「体験」を、収めた画像や動画とともにSNSで興奮気味に語るだろう。それが、また新たな客を呼ぶのである。……ちなみに、今回は俊英社《しゅんえいしゃ》が後援として名を連ねているから、ちゃんとした「公式」だ。これもまた、真涼の仕事が実ったということなのだろう。

さて、ステージに登場したヒメであるが、それで何をするのか。普通のモデルのようにステージを颯爽《さっそう》と歩いて、最前でくるっと回って去って行くのか。あるいは、アイドルみたいに一曲披露するのか。流石《さすが》に歌うのはないと思うが、観客のテンションは「ただ歩いて帰るだけ」を許さないくらい高まっている。

どうするのかと思って見守っていると、舞台下手《しもて》から、黒装束《くろしょうぞく》に身を包んだ男たち――いわゆる「黒子《くろこ》」が十人以上現れた。日本刀（もちろん模造刀だろうが）を手にしてブヒルデ様を包囲して、じりじりとその輪を縮めていく。

突然の展開に、観客から「おおおおおっっっ⁉」と声があがる。俺も驚きである。ステージ上の展開までは、聞いてなかったのだ。

ブヒルデ様絶体絶命のピンチ！　というとき、舞台上手《かみて》から新たな人影が現れた。それは、「アルドラ」の正ヒロイン。純白に光り輝くドレスに身を包んだ少女「天界の黄金輝姫《ヴァニッシュ・ジ・ウーサー》」アシュバターナだ。

中身は、金髪豚野郎だけど！

「ヒメっ！　これを！」

アシュバターナが投げてよこしたのは、骸骨《がいこつ》の形をした杖《ワンド》。

その杖を持ってポーズを決めたブヒルデ様が繰り出すのは、必殺の〝宿命の黒い黒炎《フェイトダークブラックフレイム》〟‼

「でゅくし。でゅくしでしゅくし。でゅくしー」

……ちょっと掛け声が棒読《ぼうよ》みなのは、ご愛嬌《あいきょう》。

ともかく必殺技が炸裂《さくれつ》して、黒子はうわぁおわぁとのけぞって倒されていく。観客はもう、やんややんやの大熱狂。もうファッションショーではなく、特撮ヒーローショーみたいなノリになってる。

そこでようやく、俺は気づいた。

これは、例の「かぐや姫」のクライマックスシーンの再現なのだ。ネットでバズッたあれを、再現しているのだ。今回はアシュバターナのゲスト参戦まで付録についてる。

いやあ、それにしても……。

「プリンちゃあああん!! 最高おおお!!」
「ハァァァァァル！　ブヒルデェエ！　ハァァイル！」

ちょっとエキサイトしすぎだろ、オタクども……。
ほら、いたいけなＪＫＪＣたちが引いちゃってるじゃん。
イタイやつらめ。節度を守れ節度を。

「カワイイ、カワイイよおおおお!!　こっち向いてえええ！」
「ボクにもデュクシデュクシしてくれえええええええ!!」

ああもう、うるせえなあ。
いい加減にしろ。

そんなものか？

お前らの、ヒメへの愛はそんなものなのか？

ヒメの魅力は俺がとっくの昔に気づいていたんだ。にわかは相手にならんよ。

見よッ！

「ブッヒイイイイイイイイイイイイイイイイイイイイイイイッッッッッンンンンンン!!」

一匹の豚が、天に向かって咆哮《ほうこう》をあげた。

周りのオタクども、いたいけなＪＫＪＣが一斉に振り向く。

「うわわわああああああああああああああああああああああああああああああおおおい!!

ヒメ！　ヒメ！　ヒメ！　ヒメヒメヒメヒメヒメヒメヒメヒメヒメヒメヒメヒメヒメヒメ!!

くぅぅぅわぁぁぁわいぃぃぃんんーーーーーーーーーーーーーーーよぉぉぉおおおん!!ヒメ

ええ!!

ぶっっっっひぃぃぃぃぃぃぃぃぃぃぃぃぃぃぃぃぃぃぃぃぃぃぃぃぃぃぃぃぃぃぃん!!」

あまりの声量とド迫力に、飛び散る汗と唾液《だえき》に、周囲の少女たちがさっとスペースを空《あ》ける。

やべーやつを見る目つきで、オタクどもも見つめている。暑苦しさ全開、イタさ千倍の萌《も》え豚が
そこにはいた。

それは、俺。

……俺、だった。

俺が一番、イタかった……。


「ひさしぶりね、季堂《きどう》くん」


氷のような声がした。

そこに立っていたのは、ヒメと同じ、美しい黒髪を持つ女性である。

これまたおひさしぶりの、秋篠優華《ゆうか》さん。

ヒメの姉さんであった。

「ずいぶんな熱狂ぶりね。妹を応援してくれていて、嬉《うれ》しいわ」

「……ええと、これは、ですね」

「それ以上近づかないでね。知り合いと思われたくないから」

めっちゃ、引かれていた。

嫌われていた。

ヒメの姉ちゃんに……嫌われた……。

前回、結構いい感じで別れたはずだったのに……。「妹をよろしく」とか言われてたはずなのに……。

微妙な距離を取りつつ、優華さんと話す。

「どうしてここに？」

「ちょっと早めの帰省よ。姫香がモデルになるとか聞いて驚いたけど、こんなことになってるとはね……。たったの一年でこの変わりよう、感情の整理と理解が追いつかないわ」

ふう、とため息をつく。

確かもう四年生のはずである。あともう少ししたら羽根ノ山《はねやま》に戻り、老舗《しにせ》旅館「あきしの」の女将《おかみ》となるべく本格的に仕事を始めるのだろう。

「あのコスプレがバズったとき、私も画像を見たんだけどね。不覚にも姫香だとわからなかったのよ。今、見返したら間違いなくうちの妹なのに」

「しょうがないっすよ。俺だって、未《いま》だにちょっと信じられないです」

かつての、引っ込み思案《じあん》で目立たなかった頃のヒメを知っている者からすれば、今の変わりようは本当に「宇宙」だ。

「こういう変わり方をするのはどうなのかと思わなくもないけど、姫香が立派にやってるのは間違いないわけだし、中途半端《ちゅうとはんぱ》なことにはしないで欲しいわね」

「……おお」

優華さん、どうやらヒメのモデル活動には賛成らしい。

良かった……。

実は、結構心配してたんだよな。なにしろお堅いお姉さんだし、コスプレなんてー、モデルなんてー、って言うかと思った。

「実は先日、パチレモンの水木《みずき》編集長が、うちにご挨拶《あいさつ》に見えられてね」

「保護者の了解ってやつですか」

優華さんは頷《うなず》いた。

「おまけに、うちの旅館とパチレモンでコラボしないかって。両親はよくわかってなかったみたいだけど、私はなかなか面白《おもしろ》いと思ってるわ。今の時代、老舗だからって殿様商売してたら、あっというまに取り残されるもの」

と、ビジネスウーマンの顔を覗かせる。

おそらく、そのコラボの糸をひいているのは――あの銀色の帝王だろう。

難敵の優華さんまで取り込んで、真涼の計画は順調に進んでいるようだった。

◆

オタクの祭典の後は、ＪＣＪＫの時間である。

モテカワ・ファッションショー。

多くのモデルさんたちに混じって、千和たちもステージに立つことになる。

観客はヒメのときとは打って変わって、ＪＫＪＣたちがほとんどである。スタンディングで、わいわいきゃーきゃー、オタクのドスの利《き》いた声援とはまるで別種の黄色い声に包まれている。

「どど、どーしよえーくん！　次あたしなんだけどっ！」

舞台袖《そで》で、千和はガラにもなく緊張していた。膝《ひざ》とか肩とかガックガクである。剣道部時代でもこんな緊張してたことはないんじゃないかっていうくらい。

「モテカワコンテストで、ステージは経験してるじゃねーか」

「そうだよチワワちゃん！　あのときの感じでどーんといきなさい！」

と、我が叔母《おば》である桐生《きりゅう》冴子さんはのたまう。あのときは司会者だったが、今回は裏方でモデルさんのサポートである。

「そそそそんなこと言われても！　あのときよりずーっと人多いし！」

あわあわとする唇が、青紫色になっている。確かにこれは重症だ。

しかしまぁ、そこは十年来の幼なじみ。

こんなこともあろうかと、用意してきたものがある。

「これ、持ってけ」

「肉まん⁉」

コンビニの袋を差し出してやると、千和は目をぱちくりさせた。

「……腹ごしらえしてけってこと？」

「違う違う。ステージで食うんだよ」

「えー⁉　そんなファッションショー、聞いたことないよ⁉」

横で聞いていたみかん編集長が、ぽーんと手を叩《たた》いた。

「それ、イケるですよ！　大食い腹ぺこキャラでいくです！」

「……はい？」

「東京《とうきょう》合宿のとき、焼き肉に行ったでしょ？　あの時のｗｅｂ記事はかなり好評だったです。コメントもたくさんついてて、腹ぺこチワワちゃんカワイイとか、たくさん食べてて気持ちいいとか」

千和の前のモデルさんがステージから戻ってきた。迷ってる暇はない。すぐに出なければならない。

「もう、こうなりゃヤケよっ‼」

肉まんを俺の手からひったくり、千和はステージに躍《おど》り出た。

高々と肉まんを掲《かか》げながら、やけくそ気味の笑顔を振りまきつつステージを練り歩く。観客からは黄色い声。意外にも拒否反応は見られない。「チワワちゃーん」という声援も少数ながら聞こえる。わりと認知されているようだ。

ステージの一番前に出て立ち止まり、満面の笑みのまま、肉まんをガブリ。

観客からはやんやの大歓声である。

「すっごい、おっきなおくちー！」

「もぐもぐしてるのカワイイ！」

「私のぶんまで食べてー！」

……やらせておいてなんだが、こんなにウケるとは思わなかった。

みかん編集長が隣で熱弁している。

「ＪＫＪＣにとって大食いとは夢であり、トラウマでもあるです。食べたら太る。でも食べたい。そんな矛盾《むじゅん》と常に格闘しているですよ。そこに、ステージ上でモデルがいきなり買い食いを始めたら親近感ＭＡＸです。ついついおやつを食べてしまう自分まで正当化され、許される感じがするです。いやー、さすが季堂氏！　チワワさんの進む道《キャラ》が見つかったですよ！」

「は、はあ」

別にそこまで考えてたわけじゃないんだけどな……。

千和が一番イキイキとしてるのって、モノ食ってる時だからってだけだ。

さて、お次はあーちゃんの番である。

「タッくん、私には？　愛衣《あい》ちゃんには何かないの？」

こちらも、千和に負けず劣らず緊張している。俺の袖を引っ張る手が汗ばんでいた。

正直、何も考えてない。

まぁ、さっきの「一番イキイキとしてるのはどんな時か」理論で考えると、

「『大勝利〜!』って叫べばいいんじゃないか?」

「なにそれ⁉　何に対して⁉」

あーちゃんは目を剝《む》くが、

「ですね!　大勝利さんはそれでイクです!」

またもや手を叩く編集長。この人も大概、ノリで生きてんなあ。

「PN『アイちゃん大勝利』といえば、読者コーナーの常連!　熱心なうちの読者なら誰《だれ》でもわかります!　潜在的ファンがたくさんいますですよ!　全国のモテカワパチレディたちを信じるです!」

「ほ、ほんとですか?」

というわけで、不安な顔のままステージに上がることになった。

おずおずと、うつむきかげんにステージを歩くと、会場のテンションはやや下降。千和のときよりあきらかにトーンダウンしている。自信のなさが観客にも伝わってしまうのだろう。

一番前まで進み出ると、あーちゃんは意を決したように顔を上げた。

「あ、あいちゃんっ、だいしょうりぃぃぃぃっっっっ……!」

ぷるぷる。

震える拳《こぶし》を突き上げると、会場内はしーーーんと静まりかえった。

最前列の少女たちが、きょとーんとしているのが見えた。失敗か？　大勝利敗北か？　思わず俺も身を乗り出して、この日一番の静寂に包まれてしまった会場を見渡す。

と、そのときである。


「大勝利ーーーーー！」


大きな声が、西側の観客から聞こえてきた。

それが呼び水となり、あちこちから唱和する声が聞こえる。「大勝利！」「大勝利！」「大勝利！」。

他の観客の顔に理解の色が浮かび上がる。「大勝利って、あの伝説の？」「え、待ってマジ？　あの子がそうなの？」「モテカワおまじないを毎月百本投稿していたっていう？」「うそーーー！　大勝利!!」。

いや、「うそーーー！」って言いたいのはこっちなんだけど……。

マジで有名人だったんだなあーちゃん。「伝説の」とか言われるＪＫはなかなかいないと思う。

観客は前以上の熱気に包まれた。散発的だった声は今や自然発生的に束《たば》ねられ、「大勝利っ！

だいしょうりっ！」というコールまで起きる始末。ブヒルデ様以外に用はないと帰りかけていたオタク共《ども》まで、何事かと注目している。

あーちゃんは。

震えていた。

ぷるぷると。

今度は緊張の震えじゃない。感動と感激のあまり打ち震えているのだった。

力強く拳を天に突き上げ、叫ぶ。

「愛衣ちゃん、大勝利ぃいいいいいいいいいいいいいいいいいいいいいいいいいいっっっ!!」

うぉぉぉぉぉん!!　という地鳴りみたいな反響が、観客から巻き起こる。

会場の一体感という意味でいえば、ブヒルデ様以上の盛り上がりが、ハネ高風紀委員長によって爆発《ばくはつ》したのだ。

やったな。

やったな、あーちゃん。

やっぱり、冬海《ふゆうみ》愛衣は、大勝利してるのが一番輝いているよ。

…………。

…………。

これでいいのかと責任者を見やれば、みかん編集長は滂沱《ぼうだ》の涙である。

……………ファッション関係ねえッ!!

「ううう。うううう。やっぱり、やっぱりパチレディたちは不滅だったのです。読者コーナーまで読んでくれていた愛読者が、こんなたくさん足を運んでくれてるなんて。うえええ。ええええーーん。えええーーーーーんっ!!」

冴子さんが差し出したティッシュでちーんと鼻をかむ。

ま、こんなに喜んでるんならいいか。

◆

すさまじい盛り上がりのうちに、ファッションショーは終了した。

ラストは全モデルがステージに再登場して、観客の歓呼に応《こた》える。いわゆるカーテンコールというやつだ。

「ブヒルデ様、ブヒィィィィィィィィィイイイイイイイイイイイイ!!」

「チワワちゃーーんっ、お菓子あげるーー!」

「大勝利さんっ!　こっち向いて拳上げてください!」

一番声援が大きいのはやはりヒメだが、千和やあーちゃんもなかなかのものだ。

三人とも吹っ切れたのか、もう緊張は見えない。ステージ上で笑顔を振りまきながら、観客の声援に手を振っている。

さて。

オオトリを務めるのは、もちろんこの女。

自らを演出する乙女《おとめ》の会・会長である。

メタリックな衣装をまとった夏川《なつかわ》真涼がステージに現れると、会場が一瞬静かになった。

誰もが目を奪われる。

その流れるような銀髪に。美しく澄んだ蒼《あお》い瞳《ひとみ》に。

並外れたルックスを持つモデルたちを背負ってなお、彼女らの姿が霞《かす》むほどの輝きを放つその美貌《びぼう》に――。

『みなさん、メリークリスマス』

マイクを通した声が響き渡ると、会場から温かな拍手が漏《も》れた。

『パチレモン総合プロデューサー・夏川真涼と申します。モデルの「サマーリバー」と申し上げたほうが、皆さんには通りが良いかもしれませんね』

そう告げたとたん、少女たちの目が光り輝いたように見えた。

見とれるように、その目がとろん、としていく様を、俺は目撃する。

自分たちと同じ女子高校生が、こんな大イベントを取り仕切ったという事実。しかも、銀髪。蒼瞳《そうどう》。どれだけ求めても得られない異質な美を持った少女が、である。

あまりに別格な相手には、嫉妬《しっと》という感情は抱けない。

抱くのはただひとつ、「羨望《せんぼう》」。

会場に集《つど》った少女たちは、「悪の帝王」が発揮《はっき》するカリスマに魅了されてしまったのである。

『今回は復刊プレイベントということで、多くの読者の方々に集まっていただけました。パチレモンをもう一度読みたい、という強い想《おも》いを感じ取れました。その願いを、この聖夜に皆様と共有できたことを本当に嬉しく思います』

ウンウンとみかん編集長が頷いている。その横顔に浮かぶのは、「感無量」。そのひとことに尽きた。

『パチレモンは、来年春の復活を予定しています。ただの復活ではありません。もっと楽しく、もっと素敵に、もっとモテカワに！　皆様の人生を彩《いろど》れるよう、最高のエンターテイメントを提供していく所存です。その期待を、今日はじゅうぶんに膨らませてもらえたのではないでしょうか？』

観客たちは静かに聴き入っている。

声は聞こえずとも、彼女たちが満足しているのは肌で感じられる。「良いイベントってのは、こうなんだよ」。冴子さんがつぶやくのが聞こえた。

本当にそうだ。

千和、ヒメ、あーちゃん、そして真涼。

あいつら、これだけの大イベントを成功させやがった。

文句のつけようがないフィナーレだ。

これなら、あの夏川亮爾《りょうじ》だって、娘の力を認めずには——。


『————⁉』


ごっ、という耳障りな音がした。

真涼がマイクを床に落とした、その音だった。

ちょっとしたトラブルだ、真涼のことだから何事もなく拾い上げて続けるだろう。あるいはこれを逆用してジョークのひとつも飛ばし、観客を沸《わ》かせるだろう。俺もそう思ったし、千和たちもそう思っただろう。

だが。

「…………………」

真涼は、マイクを落としたまま立ち尽くしている。

氷の彫像のように、微動だにしない。その顔から生気が失われている。唇がわなわな震えているのが俺の位置からも見えたが、声らしい声は聞こえてこなかった。

最前列の観客から、ざわめきが起きる。

それはすぐに伝播《でんぱ》して、会場中に広がっていった。

「チワワちゃん、マイクひろって!」

ステージ袖から小声で冴子さんが指示を出す。千和は素早く反応し、マイクを拾い上げて真涼の元に駆け寄った。

しかし、真涼は動かない。

千和の差し出したマイクを受け取ろうとせず、会場のある一点を見つめたまま、金縛りにあったように立ち尽くしている。

誰もが真涼を注視する中で、俺は、真涼が見ているものを見ていた。

それは、観客最前列にいる、ひとりの女性である。

すさまじい美人だった。

それだけではない。真涼と同じ、銀色の髪と蒼い瞳を持っている。

その印象は穏《おだ》やかで、優しくて――真涼とは真逆の温かさに満ちている。もし真涼が性格良かったら、きっとこんな顔になるのだろう。そう思わせる温かな美貌。

俺は、この女性を知っている。

真涼とよく似た、この女性を知っている。

「……ソフィアさん……」

その名が、唇から零《こぼ》れていた。

夏川ソフィア。

今の姓は、行徳寺《ぎょうとくじ》。

真涼の、実の母親である――。

「季堂氏、サマリバさんを頼むです！」

みかん編集長がステージに駆け出て行く。

俺はハッとして後を追う。立ち尽くす真涼の肩を抱いて、揺り動かす。

「真涼、引っ込むぞ」

「………」

「真涼っ！」

無理やりひきずるようにして、ステージ袖へとはけていく。後を引き取ったみかん編集長が話し始める。

『あー、しっ、失礼したです。わたくし、編集長の水木みかんと申します。サマリバさんは体調が優れないようなので、代わりにわたくしがしゃべります』

会場の空気が冷えていくのが感じられる。

興ざめ。

同世代の少女たちだけで作り上げたイベントに、そのステージに、大人が上がってきたのである。

みかん編集長に罪はないが、ＪＫＪＣたちのボルテージが下がってしまうのは避けられなかった。

「真涼、大丈夫か⁉　真涼‼」

俺の腕のなかで、真涼は震え続けていた。

唇から、かすかに、喘《あえ》ぐような声が聞こえる。

「お母さん……どうして、おかあさん……」

◆

「失望したよ、真涼」

イベントの後――。

自演乙《じえんおつ》メンバーが集う控え室にやって来た真涼の親父は、開口一番言い放った。

「途中までは、良い感じだと思ったんだがね。終わりよければすべて良し――その逆をやってしまったな。画竜点睛《がりょうてんせい》を欠く。竜頭蛇尾《りゅうとうだび》。初め有らざること靡《な》し、克《よ》く終わり有ること鮮《すくな》し」

いろんなことわざを駆使して、親父は打ちひしがれる真涼を嬲《なぶ》った。

千和も、ヒメも、あーちゃんも——もちろん、俺も。

ただ遠巻きに親子の会話を見守るしかない。迂闊《うかつ》に口を挟《はさ》めない緊張感が、父と娘のあいだには漂っている。

「プロデューサーで御座いと名乗っておいて、直後にあのザマだ。東京から見に来ていた出版社の方も、さぞ戸惑ったろうな。お前が画策している週刊漫画誌とのコラボも、見直されるかもしれない」

真涼はうつむいたまま、じっと耐えている。

華々しく鮮やかな銀の衣装も、この場にあってはかえってもの悲しい。控え室に届いている祝いの花も萎《しお》れてみえる。

……ちくしょう。

こんな男に、言われっぱなしなのかよ。

「上手《うま》くいっているときは、お前の高校生という肩書きは機能していた。だが、一度失敗すると世間は冷淡だよ。しょせんは高校生と手のひらを返し、お前と組む企業はなくなるだろう」

親父はうなだれたままの真涼のつむじを見つめ、言葉のハンマーを振り下ろした。

「まったく。母親の姿を目にしたくらいで、あんな風になってしまうようではな——」

その瞬間。

俺の頭のなかで、すべてが繋《つな》がった。

一本の線となった。

「あんたが仕組んだのか」

立ち上がり、親父に詰め寄っていく。

「あんたが仕組んだのか？　あんたが、ソフィアさんをあそこに呼んだのか？」

思いっきりにらみつけたが、その顔に浮かぶ皮肉な笑みを消すことはできなかった。

「季堂君。これはテストだったんだよ」

「テスト？」

「真涼が分別のある大人になれているかどうかの、テストだ。乳離れできているかどうかのね。真涼の母親への執着は、よく承知している。いくら外面《そとづら》を取り繕っていても、内面はそう簡単に変わるものではない。――なあ、真涼。我が宝石よ」

親父の声に、真涼の肩が大きく震える。

「お前は、子供だ」

「…………っ」

「子供は大人に勝てない。子供に大人の仕事はできない。そういうことだよ」

……もう、無理。

無理だった。

暴力沙汰《ぼうりょくざた》になろうと、構うものか。すべてを失ってもいいという気になっていた。そうでないと、体じゅうの血が熱くなって、どうにかなりそうだ！

「やり方が汚いんだよ‼」

えーくんっ⁉　という千和の声が聞こえた。だが気づいたときにはもう、親父の胸《むな》ぐらをつかんでいた。

「なんだこの手は？　放したまえ」

冷めた声で親父は言った。焦《あせ》った様子もない。その瞳の奥には、侮蔑《ぶべつ》の色がある。

「聞くところによれば、君は医学部推薦《すいせん》を志望しているそうだね？」

「………なんだと」

「まずいんじゃないのかね？　こんなことをしたら。私は君の学校の校長とも、仲が良くってねえ」

こいつ……。

こいつ、本当、こいつッッッ‼

拳を振り上げた瞬間、後ろからしがみつかれた。千和とヒメが二人がかりで俺の両腕にぶらさがるようにしている。

「だめだよえーくんっ！　何があっても手を出したら負けだよっ！」

「エイタ、エイタ、エイタっ……」

千和は顔を真っ赤《まっか》にして、ヒメは涙ぐみながら、必死で止めてくれている。二人の顔を見ていると、俺まで泣きたくなってきた。

「――あの」

あーちゃんの声が、控え室に静かに響いた。

毅然《きぜん》として胸を張り、夏川グループの総帥《そうすい》と対峙《たいじ》する。

「他所様《よそさま》の家庭に口を出すのは失礼かと思いますが、真涼さんの仲間として、ひとつだけ良いですか」

「……」

「あなたの言ってることは、多分その通りなんだろうなと思います。反論するつもりはありません。――だけど、その事実と、あなたが真涼さんを傷つけたという事実は、まったく別の問題だと思います」

ほう、という形に親父の唇が動いた。

発言の内容より、理屈で反論したという事実に感心しているようだった。

「もう、やめてください」

真涼が静かに言った。

落ち着きを取り戻して顔を上げ、俺たちを順に見渡す。

「鋭太《えいた》。春咲《はるさき》さん、秋篠さん、冬海さん。私のために怒ってくれて、ありがとう。……だけど、これはやっぱり、私の不始末だわ」

立ち上がると、真涼は父親に頭を下げた。

「失望させて、申し訳ありません。……次は必ず、春のイベントでは必ず、やり遂げてみせますから」

だから、もう一度チャンスをください――。

言外《げんがい》にそういう意図があるのだろう。

親父はしばらく沈黙し、それから深いため息をついた。

「いいだろう。まだ卒業まで時間がある。学生のうちは、プロデューサー〝ごっこ〟を楽しみなさい」

そんな風に言い残し、踵《きびす》を返す。

白い背広が部屋を出て行くとき、こんな風に付け加えた。

「そろそろ、婚約者選びも本格化してくる。軽い顔合わせのようなこともあるかもしれないから、準備を怠《おこた》らないようにね。我が宝石よ」

◆

ドアが閉まった後で、コンビニの袋が投げつけられた。

ばすっ、と音をたてて床に落ちる。中身は肉まんの包みやらお菓子の包装紙やら空き箱やら、千和が平らげた差し入れの数々である。

「なんなのよもぉぉぉぉぉ、むっかつくぅぅぅぅぅぅぅぅぅ！」

地団駄《じだんだ》を踏みながら千和が怒鳴り、頭をかきむしった。

「あれが夏川のパパなの⁉　っとにもお、なんなのよあの言い方っ⁉　なんであんな上からなのよ！　子供ががんばってるのになんであんなこと言うの⁉　ああもう、えーくんの代わりにあたしがぶん殴れば良かったよ！」

自分でばらまいたゴミを自分で片付けながら、千和はぷりぷり怒っている。

「ああいう奴《やつ》なんだよ。真涼の親父は。ああいうやり方しかできない人なんだ」

俺は少し冷静になっていた。あーちゃんがしっかり言ってくれたおかげで、クールダウンできたのだ。

そのあーちゃんが、真涼に気遣わしげな視線を向けた。

「ねえ夏川さん、込み入ったことを聞くようだけど、お母さまとは……」

「幼少のときに、別れたきりです」

「そう、だったんだ……」

あーちゃんはまつげを伏せて、それ以上は聞かなかった。

そういえば、お袋さんを病気で亡くしているんだったな、あーちゃん。

真涼の身の上に、何か思うところがあるのかもしれない。

ヒメが真涼のそばでしゃがみこんで聞いた。

「会長、大丈夫？　お水飲む？」

「ええ。ありがとう」

差し出されたペットボトルを受け取り、半分ほど飲んだ。ひとまず、ショック状態からは立ち直ったようだ。

「悔《くや》しいけど、あの男の言うことは当たっているわ。私にはまだ精神的に未熟なところがあると、認めざるを得ない。……まさか、自分にこんな脆《もろ》い一面があったなんてね」

「そんなに自分を責めるなよ。チャンスはまだあるさ」

空疎《くうそ》と知りつつ、そんな慰めを口にするしかない自分が歯がゆい。

子供なのは、真涼だけじゃない。

俺も……やっぱり、まだまだ無力な子供なのだ。

子供は大人に勝てない、か。

まったく、痛いところを突いてきやがる。

真涼は少し足をふらつかせながら立ち上がった。

「関係者の皆様に、謝罪に行ってくるわ」

「今から？　まだ休んでいけって」

「そうはいかないわよ。プロデューサーなんだから。ごっこ、でもね」

形のいい唇を、皮肉っぽく歪《ゆが》める。

親父の言葉が相当に効いているようだ。

ハネ高一の毒舌を誇る悪の帝王も、夏川グループ総師には敵《かな》わないということなのか？

――いや。違う。

そんな風には思いたくない。

真涼の器《うつわ》は、そんなものではないはずだ。

悪でもいいから、あんな野郎を凌駕《りょうが》するほどの「帝王」であって欲しいのに。

「しっかりしてよ、夏川!!」

ゴミを拾い終わった千和がやってきて、真涼の両手を握った。

こいつが、真涼の手を握るなんて……初めてのことじゃないだろうか。

「今までいっぱいケンカもしたけどさ、あたし、夏川のことは認めてるんだから！」

「……はあ」

驚いた顔で、真涼は千和の燃える瞳を見つめ返す。

「なんたって夏川は、この朴念仁《ぼくねんじん》のえーくんをオトして彼氏にしちゃったひとなんだから！　あたしたちができなかったことをやってのけたヒトなんだからさ！　もっと胸張ってよ！」

「…………」

さすがに気まずくて、俺は目を逸《そ》らした。ちらっと横目を使うと、ヒメも同じように気まずそうに顔を背《そむ》けている。

真涼は千和にじぃっと熱心に見つめられながら「ありがとうございます……」と、乾いた声で返事している。

あーちゃんは複雑そうな顔で、あらぬ方向を見つめている。

どうにも、こうにも。

どうにもこうにも。

真涼を中心としたこの「自演乙」の人間関係は、ますます昏迷《こんめい》を深めているようである——。

クラス	死霊
レアリティ	SSR
	このユニットが破壊された時、自分と相手のデッキの9コスト以上のカードをすべて消滅させ、【暁の聖竜姫・プリン】1体を出す。
【変化時効果】	自分の墓場が30以上なら、相手の本体とユニットすべてに6ダメージ。

#5 清算の修羅場は凄惨

最悪のクリスマスイブが過ぎ去り、明くる日。

クリスマス当日ということで、羽根ノ山《はねやま》駅前は賑《にぎ》わいを見せている。昨日のイベントに比べればごく小規模なれどツリーが飾られ、イルミネーションがちかちかと精一杯の瞬《また》きを見せている。某フライドチキンのチェーン店の前には長蛇《ちょうだ》の列。その隣では、サンタの格好をしたパントマイミストが改札に向かう人々の目を吸い寄せていた。

この時期って本当、忙《せわ》しいよな。

今日が終われば、これ全部片付けて、次は門松《かどまつ》や注連《しめ》飾りの準備に追われるわけだ。

かくいう自分も、大晦日《おおみそか》まで毎日冬季講習である。元日のみ休んで、二日からは始動し「正月特別特訓」なるコースを受けることになっている。冴子《さえこ》さんが冬のボーナスで出してくれた受講費、大切に使おう。

――が、それはそれとして。

俺《おれ》にはもうひとつ、やらねばならないことがある。

「二兎《にと》を追う者、一兎《いっと》をも得ず」

えずぅ～。

……と、いつもの喫茶店《きっさてん》に来た俺を出迎えたのは、例のことわざウェイトレスである。

なにやら、ぷんすか怒っている。ジブン、今来たばかりなんスけど。

「He that hunts two hares at once will catch neither!!」

「…………」

なぜ英語で言い直した。

流ちょうな発音を披露したウェイトレスはむすっとした顔で窓際の席を指差すと、足音も荒く去って行った。あいかわらず接客する気ゼロだなと思いつつ、席へ行くと、そこには銀髪の悪魔と黒髪の女神が座っていた。

「エイタ、おつかれさま」

ああ、我がヒメ。

この笑顔を拝んでいるだけで、今日の講習の疲れが浄化されていくようだ。

「がりべんくん、おつかれさまぁ～もにょぉ～」

と、こちらは銀髪の悪魔のほう。

昨日のプロデューサーとしての凜々《りり》しい顔はどこへやら、もにょ～っとスライムみたいに溶けて机に突っ伏している。すっかりおフヌケておられる。

前にも、こんなことがあったな。

あれは今年の二月ごろだっけ。

千和《ちわ》と何かあって、そのせいでもにょもにょしていた時期があった。

夏川真涼《なつかわますず》というイキモノは、限度を超えたストレスや衝撃を受けると、このもにょモードに移行するらしい。

今回の原因は、もちろん——母親との思いがけない邂逅《かいこう》であろう。

「それでいったい、おはなしとはなんですか？？？」

「ああ——ええと」

真涼を正面にして、俺とヒメが並んで座る。

今日、真涼をここに呼び出したのは、俺とヒメだ。

事前にメールで打ち合わせて、真涼と話をしようということになったのである。

注文してないのにコーラを運んできたウェイトレスが、真涼とヒメに素早く視線を走らせた。裁判官の目つきで見定めた後、そっと耳打ちする。「おかっぱの兎さんも、なかなかですね」。うるせえ黙れあっちいけ仕事しろや。

コーラをひとくち飲んで気持ちを落ち着けると、俺は頭を下げた。

「すまん、真涼！」

「はあ？？？」

「実は俺、お前のお袋さん——ソフィアさんに、以前会って話したことがあるんだ」

「？？？　どういうことでしょう？」

俺は、今年の五月にあった出来事を話して聞かせた。

真那《まな》から俺の住所を聞いて、行徳寺《ぎょうとくじ》ソフィアさんが尋ねてきたこと。

かつて、自分が真涼のもとを去ったのは、夏川の家にいるほうが真涼の才能に見合った未来を選択できると思ったから、ということ。理由を言っても真涼は理解しないだろうと思い、黙って去ったこと。

だが、今はその考えを改め、いずれ真涼と会わねばならないと思っているということ――。

「俺はそのとき、ソフィアさんに言ったんだ。いずれ、時が来たら連絡するって。俺がタイミングを計るから、そのときに会ってやってくれって。……だけど、それきりだ。結局、ずるずると今日まで来てしまった。ソフィアさんがお前の親父の招待に応じたのは……それに業を煮やしたからだと思う」

もう一度、「すまん」と頭を下げた。

大事なことを、任されていたのに。

お袋さんから、「あなたなら」と任されたのに。

今日の今日まで、俺は、自分のことで精一杯で――。

「そうだったのね」

真涼は体をゆっくりと起こし、目線を上げた。

幾分、元気が戻ってきている。

「けれど、それは別に鋭太《えいた》のせいじゃないわ。五月からこっち、ずっと激動だったじゃないの。

生徒会長選挙、パチレモン復活作戦、東京《とうきょう》合宿、学園祭。そして昨日のイベント。私にもあなたにも、そんな余裕があったとは思えないもの」

「……まあな」

パチレモン復活に専念している真涼に、母親のことを考える余裕があったかどうかは疑問である。昨日のようにダメダメになってしまい、今日《こんにち》の計画そのものが崩壊していた可能性が高い。

「そうだったの。お母さんが、あなたにね……」

遠い目をして、真涼は窓の風景を見つめた。クリスマスの街並み。カップルも多いが、一番目につくのはやはり親子連れだ。プレゼントの包みを大事そうに抱えて歩く子供と、手を引く母親の姿。

俺とお袋の関係は、今年の二月に決着がついた。

もう怒りはない。こだわりもない。

親子というより、ひとりの人間として、季堂美星《きどうみほし》と向き合えたと思う。

だが、真涼と母親の関係は、まだまだこれからなのだ。

「どうする？　あらためて、ソフィアさんと会うか？」

真涼は首を横に振った。

「あんな醜態《しゅうたい》をさらした直後に、どんな顔をして会えというの？　それこそ、あの男——夏川亮爾《りょうじ》の笑いものにされるわ」

真涼の右手がテーブルの上で固く握られる。

昨日の屈辱《くつじょく》がよみがえったのか、拳《こぶし》が小さく震え、テーブルをかすかに揺らした。

「それで、秋篠《あきしの》さんは？　あなたはあなたで、何かお話があるのでしょう？　昨日の私を見て愛想《あいそ》を尽かした――ということじゃなければ良いのですが」

ヒメは自分のカップに口をつけないまま、しばらく沈黙していた。ソフィアさんとの経緯を聞いて、何やら考え込んでいるように見える。

「わたしは今まで通り、パチレモン復活に協力する。その意志は変わらない」

「その条件として、春咲《はるさき》さんと冬海《ふゆうみ》さんに秘密の告白をせよ、でしょう？」

黒いおかっぱが、ふるふる横に揺れた。

「いつかは話して欲しいけど、今すぐでなくていい。昨日のほとぼりが冷めるまで、会長とお母さんのことが落ち着くまで、延期しても――」

「それは、ダメよ」

真涼はぴしゃりと言った。ヒメの目を見て言い放った。

「余裕がないからといって問題を先延ばしにすれば、状況はもっと悪くなるのよ。まさに、今回がその良い例じゃない。秋篠さんの心遣いには感謝するけど、これ以上引き延ばしても意味はないわ」

異論の余地のない正論であった。

ヒメは困ったような目で俺を見た。俺は黙って首を振る。真凉の意志は揺るぎない。これ以上の気遣いは、むしろプライドを傷つけるだけだろう。

「じゃあ真涼、いつ二人に話すんだ？」

そのとき、ことわざバイリンガルがお冷《ひ》やのおかわりを持ってきた。

またもや、メモ用紙を置いていく。「一年の計は元旦にあり」。

「――なるほど」

びらっとメモを持ち上げて、真涼は言った。

「いいことわざね。初めてあの店員のアドバイスが役に立った気がする」

「……」

いや、なんか真涼さん、さらっと受け入れてますけど。

俺は正直、あのウェイトレスが怖い……。

なんか今も、観葉植物の陰からじぃーっとこっち見てるし。客の話じっくり聞いてんじゃねえよヒメが怯《おび》えてるじゃねえか！

「じゃあ、一月一日に？」

ええ、と真涼は頷《うなず》いた。

「元日、みんなを誘って初詣《はつもうで》に行きましょう。そのとき、話すことにするわ」

「……わかった」

真涼の決意は固いようだ。これ以上は何も言うまい。

「じゃあ、千和とあーちゃんには俺から連絡しておく」

「私が誘うより良いでしょうね。お願いするわ」

さて、と真涼は立ち上がった。

「これから編集部に行ってくるわ。みかん編集長に改めて昨日の謝罪をして、今後の方策を話し合わなくては」

「昨日の件、今後に響くかな？」

「少なくとも、プラスにならないことだけは確かね」

自分のコーヒー代を置いてコートをひるがえし、真涼は去って行った。

ふむ……。

決意は固い、か。

後ろ姿を見送ってから、ヒメがため息をついた。

「まさか、こんなことになるなんて思わなかった……。わたし、会長を苦しめてしまった」

「ヒメのせいじゃないって」

人の運命なんて、わからないものである。

万事順調にいっていたものが、思いがけないトラブルで頓挫《とんざ》してしまったりする。たとえば、中三のときの両親の離婚。千和の交通事故。どちらも予想できなかったことだ。だが、その二つで俺の人生は大きく変わってしまった。

結局、人間にできるのは、目の前の現実に集中することだけだ。

New パチレモ!

爆誕前夜!

新・読者モデル

P. U. R. I. N.

に5つの質問!

Q1 クリスマスといえば?

神が生まれた日、この私は神を殺した。
じーざす。

Q2 ではお正月といえば?

初日の出を我が闇の一撃で砕く。

Q3 晴れ着とドレス、どっちが好き?

わたしが闇のドレスを纏う時、
この世は血の朱に染まる。

Q4 お年玉の使い道は?

同人誌の印刷代。

Q5 今年はどんな一年にしたいですか?

次のイベントこそ完売を目指す。

#パチレモンからひとこと

ミステリアスなのか同人命なのかどっちかにして!

#6 告白、修羅場、そして……

元日朝の羽根《はね》ノ山《やま》市は、ピキンと晴れた。

寒い、めちゃくちゃ寒い。空気が冷たいを通り越して「痛い」。おそとでたくないよぉ～、と玄関で回れ右したくなったが、なんせ今年は受験である。神頼みも大事な努力のひとつと割り切って、上着のポケットに手を突っこんだまま神社への道を歩いた。

家から歩いて十分ちょいのところにある羽根ノ山神社は、出産と健康に御利益があると言われている。「学業じゃないんかい」って感じだが、まぁいい。神様は心が広いから、近所のガリ勉野郎の願いくらい聞き届けてくれるだろう。健康は健康で大切だし。

神社へと続く細い路地は、初詣《はつもうで》に向かう客でいっぱいだった。彼らの頭ごしに見える境内《けいだい》には、屋台がいくつも立っている。こうしてみると、ほとんどお祭りと変わらない。参拝に向かう家族連れやカップルの表情も和《なご》やかで明るく、俺《おれ》みたいな緊張バリバリな顔をしてるのは誰《だれ》もいない。

まったく、新年早々。なんでこんな顔をしなきゃならんのか。

一年の計は元旦にあり、とはいうけれど。

二年越しの告白を、このおめでたい日にやらなきゃならないなんて……。

「やっほー、えーくーん！」

鳥居のところで、千和《ちわ》がぶんぶん手を振っている。

隣の家なのに何故《なぜ》別々に来たのかというと、千和は美容院に寄っていたからである。

「……おおっ」

神前《しんぜん》に咲く、四つの華。

羽根ノ山高校が誇る名花たちが咲き誇り、参拝客の視線を独り占めしていた。

「どうどう？　この晴れ着！　スタイリストさんに選んでもらったの！」

千和は純白。つるりとした生地《きじ》に鮮やかな桜や梅が描かれていて、非常におめでたい感じである。見ているだけであったかい。なんだか春めいてきた～。これで口元にソースがついてなければモテカワなのに。屋台のたこ焼きイッちゃったんすか。

「皆さん、ちゃんと撮っておいてくださいね。後日、パチレモンｗｅｂにアップしますから」

真涼《ますず》は、紫がかった深い色の青。「青藍《せいらん》」というらしい。こちらの生地には牡丹《ぼたん》が控えめに咲いている。真涼は元が派手だからこちらの方がいいだろう。日本人ばなれしたルックスなのに、着物もめちゃくちゃ似合うんだよなあ。ずるい。

「エイタ見て？　くるっと回るから見てみて？」

そして我が女神。マイガッデス。スイーテストハニー。

黒真珠のような漆黒《しっこく》の振《ふ》り袖《そで》である。晴れ着といえば派手な色を使いがちだが、女神に小細工など必要ない。その深い闇《やみ》色が、ヒメの綺麗《きれい》な髪と瞳《ひとみ》にシンクロして、非常にびゅーちふるである。黒髪おかっぱに晴れ着。それすなわち無敵。思わず背後に回り込んで初日の出ならぬ初お尻《しり》を拝みたくなるがげふんげふん、そんなやましい気持ちを浄化してくれるおめでたい艶姿《あですがた》にもう俺氏何も言うことはない。新年早々語彙《ごい》力死亡最高最愛我愛你《ウォアイニー》。

「ちょっとタッくん、こっちも見なさいよ！　私は自分でコーデしたんだからね！」

アッ、ハイ。

あーちゃんはピンク。もう冬海愛衣《ふゆうみあい》にはこれしかないという色であるが、薔薇《ばら》や蘭《らん》などの洋花が生地に咲き乱れていて、大変に華やかでよろしいんじゃないでしょうか。まる。

「とりあえず参拝しようぜ。ここで立ち止まってたら邪魔だし」

「だから、並んでるじゃない」

「えっ」

ギョッとして社殿のほうを見る。そこからずら～っと長い列が伸びて、鳥居のところまで続いているのだった。後ろからも続々来ている。あわてて俺も一緒に並ぶ。

「マジかよ……。今からこんな並ぶのか？　昼過ぎになっちゃうんじゃ」

「コミケに比べれば、楽勝」

天照《あまてらす》ヒメ大神がそうおっしゃるので、渋々従う。英単語帳持ってくれば良かったな。

クソ長い待ち時間のなかでも女たちは喧《かまびす》しい。千和もヒメもあーちゃんも、互いの晴れ着をあーだこーだと褒《ほ》めたり貶《けな》したり、なんだかんだでおしゃれ好きだよなー。あーちゃんはともかく、千和もヒメも。

そんななか、一人だけぽつんとしている悪の帝王。

そっと体を寄せてきて、俺にだけ聞こえる声で言った。

「参拝の後、社殿の後ろに行くわよ。あそこなら人が来ないから」

さすが、計算高いというか。前もって現地入りしてリサーチしていたらしい。

「本当に、言うんだな？」

「当たり前でしょう。先延ばしはしないって言ったじゃない」

あのウェイトレスがくれたメモ書きを突きつけてくる。まだ持ってたのかよ。

メモ書きをくしゃっと丸めて、俺はポケットにねじこんだ。

「何か俺にできることはあるか？」

そうね、と真涼はあごに指をあてた。しばらく考えてから首を振る。

「あなたが変にフォローすると、彼女たちの怒りの火に油を注《そそ》いでしまう結果になりかねないと思うわ。今回はひとまず、黙って成り行きを見守っていて」

「えーくん、ど〜ん！」

いきなり、千和が背中にタックルをかましてきた。別に強烈なやつじゃない、ふざけての行動だが、俺は跳び上がるほど驚いた。

「ななっっ、なんだよ千和！　脅《おど》かすなよっ!?」

「だって、二人してこそこそ話してるからさっ。なんの話？　あたしにも聞かせてよ？」

にこっと微笑《ほほえ》んでくる。

こういうとき、千和の無邪気さは毒だ。胸にぐさっと、罪悪感が突き刺さる。

「そうですね」

真涼も同じ気持ちなのか、千和から目を逸《そ》らすように長い列の続く社殿を見やった。

「後で話しますよ。参拝の後で、ちゃんと」

「え、うん」

予想外の深刻っぽい返事に、千和は面食らったように声を詰まらせた。その様子を見てあーちゃんも首を傾《かし》げ、ヒメは不安げなまなざしを俺に向ける。

この参拝客の列が終わるとき、告白の時がやってくる。

そう考えると、この長い待ち時間が終わるのが、急に怖く思えてくる。

このことで、俺たちの関係性は大きく変わるのだろうか?

ありうるとも、ありえないとも、俺には言い切れない。

なぜなら、この件に関する限り、千和とあーちゃんがどういう受け止め方をするか、皆目見当がつかないからだ。


『真涼が季堂鋭太《きどうえいた》に告白して、交際していたのは、偽装恋愛だった』


クラスメイトに話せば、「あっ、そう」で片付けられそうな雰囲気はある。

実際、真那《まな》はそうだった。そのとおりのリアクションをした。

仮に、あのカラオケ魔神こと最上《もがみ》ゆらに話しても同じだろう。「そんなことだろうと思ったわ」という余計なひとことがついてくるかもしれない。その程度のこと——と言ってしまえば、それまでだ。今さら、大した意味を持つ事実ではないのかもしれない。

だが、それらはあくまで「部外者」。ハーレム部外者の反応でしかない。

果たして、千和は。

あーちゃんは。

どう受け取り、どう反応するのだろう。

◆

受験の必勝と、一年の健康を願った後——。

人の波に押し出されるようにして参拝を終えた俺たちは、真涼の導きに従って社殿の裏側に集合した。

「どしたの夏川《なつかわ》？　こんなところで」

きょとん、としている千和。お腹《なか》を押さえているところを見ると「おなかすいたなんか食べたい」というところか。

賑《にぎ》やかな表参道と異なり、屋台はもちろん人っ子ひとりいない。場違いに立派な松の木が一本生《は》えている。落ち葉が土塊《つちくれ》にまみれて敷き詰められ、雪駄履《せったば》きのあーちゃんが足元を気にしている。社殿の下をねぐらにする黒いノラネコが一匹、にゃあんと鳴いた。

真涼はゆっくりと語り始めた。

回りくどい言い方はしなかった。言い訳を挟《はさ》んだり、懺悔《ざんげ》を口にしたりもしない。ただ事実のみを淡々と告げた。俺はそのあいだ、真涼の隣でずっと無言を貫いた。

深刻な、しかし、どこか空疎《くうそ》な時間が流れる。

二人の反応は、対照的であった。

話が進むにつれ、あーちゃんはどんどん表情を険しくして、頰《ほお》の色を赤くしていった。

だが、千和は――話が終わったときには、もう、完全な「無」、無表情になっていた。


「――ありえないいんだけど」


真涼を鋭くにらみつけ、あーちゃんは声を叩《たた》きつけた。

「偽彼氏って、よくそんなこと思いつくわね⁉　何か裏があるとは思っていたけど、そんな弱みを握って？　タッくんを言いなりにさせて？　そんなのフェアじゃない！　人を好きになるっていう行為そのものに対する裏切りよ！」

あーちゃんらしい理路整然とした表現だったが、感情を抑えられたのはそこまでだった。

「あのとき、私がどれだけ悔《くや》しかったか!! 十年来の幼なじみの、ずっと好きだったタッくんと再会できたのに、あなたが横から出てきて彼女に収まって——それが偽装だったなんて、そんなの、ほんっと許せないんだけどっ!? ああもう、悔しいっ!! あなた、好きな人を横取りされる気持ち味わったことある!? ほんとうに、それがどれだけ悔しいか、みじめか、せつないかっ!! それが、ただ、だまされてただけなんて!!」

上がり続ける怒りのボルテージに、真涼は黙ってうなだれる。

「そもそもなんなの? そのタッくんの弱みって。あなたは何を知ってたのよ?」

「あーちゃん。それは——」

「それは、関係ないでしょう」

俺が答えようとすると、真涼がさえぎった。

「本題とは関係のない、鋭太のプライバシーに関することです。私が言えた義理ではないですが、そこに触れる必要はないでしょう」

「……まぁ、そうだけど」

あーちゃんは渋々引き下がった。

俺としては、少し意外である。真涼はなぜ俺をかばうようなことを言ったのか。確かに本題に関係ないといえばないし、俺としても積極的に話したいわけではないのだが。

「ヒメちゃんは、このこと知ってたの?」

「肯定」

ヒメはすまなそうに頷《うなず》いた。

「一年の九月に、偶然立ち聞きして知った。今まで黙ってて、ごめんなさい」

「別にヒメちゃんのせいじゃないわよ。黙っているの、つらかったでしょうに」

あーちゃんの言う通りだった。

俺たちは、ずっとヒメに「秘密」を背負わせてしまっていたのだ。千和やあーちゃんに対して、心苦しいことはきっとあっただろう。そう考えると、確かに偽彼氏は罪深い。

「ほんと、ありえない。軽蔑《けいべつ》するわ」

あーちゃんは大きなため息をついた。ひとまず怒りを爆発《ばくはつ》させたことで、多少は落ち着いたか。

しかし、巾着《きんちゃく》の小物入れを持つ手がまだ少し震えている。真涼への憤りを収めたというわけではなさそうだった。

そして、千和は。


「……ねえ。夏川さあ」

ようやく口を開いた。

重々しい口調《くちょう》だった。

いつも元気で感情豊かな千和のこんな顔、こんな声を聞くのは初めてかもしれない。

「あたし、難しいことはわかんないから。もう、前のこととかは、いいよ。一年のときのことなんか、もういい」

俺を含めた全員が、意外さに打たれて千和の顔を見つめ返した。真涼も、ヒメも、大きく目を見開いている。

特にあーちゃんの想《おも》いは強かったようだ。

「千和、あなた本当にそれでいいの？　許せないのは同じでしょう？」

「許すとか許さないじゃなくてさ、もう、過ぎちゃったことはどうでもいいって思うの」

千和の口調はどこまでも平坦《へいたん》で。

感情が読めなくて。

怒りでもなく、軽蔑でもなく……これは、なんだろう？

千和の心が読めないなんて。

十年、いや、もうじき十一年になろうかという付き合いで、初めてだ。

「夏川。ひとつ、聞かせてくれる？」

「なんで、しょう」

真涼はごくりと唾《つば》を飲みこんだ。

こいつがこんな緊張を露《あら》わにするなんて、これも初めて見る。

「偽の彼氏だったっていうのは、わかったよ。えーくんを彼氏にできたのは、弱みを握って脅したから。夏川はえーくんのことなんか好きじゃなくて、利用しただけ。それはわかったけど
――〝今〟は、どうなの？」

今。

その言葉に、千和は力をこめた。

「昔は偽《フェイク》だったけど、今は？　今は、えーくんのこと、好きなんでしょ？」

真涼の肩が、何かに押されたように揺れた。

「……い、今は……今は……」

声が震え、視線が宙を彷徨《さまよ》う。千和のことも、誰のことも見ることができずに、真涼は虚《うつ》ろな目と声で「今は」と繰り返した。

ある意味。

それは、あーちゃんがぶつけた怒りよりも、よっぽど真涼には効いたかもしれない。

自分は恋愛脳であると、決して認めない。

自分は季堂鋭太が好きであると、絶対に認めない。

認めてしまったら、自分の矜恃《きょうじ》が、アイデンティティが崩壊する。

そんな風に歪《ゆが》んでしまったのが、夏川真涼なのだから。

「……私は……」

今は、のループから抜け出して、真涼はようやく視線を千和に定めた。

声を搾《しぼ》り出すように、気力を振り絞るように、最後まで言い切った。


「……私は……鋭太のことなんか、ぜんぜん、好きじゃないわ……」


沈黙。

表参道から聞こえる喧騒《けんそう》から遮断《しゃだん》されてしまったかのように、俺たちを静寂が包んでいた。

一同の表情は曇り、重苦しい。

どこまでも晴れ渡れる青空が、どこまでも場違いだった。

「帰るわ、私」

しらけた声であーちゃんが言った。

「晴れ着の画像は編集長に送っておくから」

事務的な口調でそう付け加えたのが、逆説的に、あーちゃんの怒りを感じさせた。去って行く背中に、ヒメですら声をかけることができなかった。

それからしばらくして、千和がつぶやいた。

「じゃあ、これからも嘘《うそ》をつき続けるんだね、夏川は」

真涼が激しく首を振る。

「違う、嘘じゃない、私は――」

最後まで言わせず、千和は踵《きびす》を返して歩き出した。

その小さな背中が、言葉すべてを拒絶している。

かける言葉が見つからない。今、この場でこれ以上何を言えばいいのか、わからなかった。


「……ライバルって、思ってたのに……」


あまりにか細い声だったから、後半は聞こえなかった。

ただひとつ、その単語だけははっきり聞こえた。

〝ライバル〟


「剣道をやめたあたしが……ようやく出会えた……ライバルだって……」


そのまま千和は参拝の人混みのなかに消えていった。真涼も、俺も、ただ呆然《ぼうぜん》と見送るしかなかった。

「あんなチワワ、初めて見た」

ヒメがそうつぶやいたとき、ふと気づいた。

そうか。ようやくわかった。
千和の気持ち。
怒りでもなく軽蔑でもなく、千和が浮かべていた感情。
それは、「悲しみ」。

そうか。
千和は、悲しかったのか……。

◆

それから一週間後、新学期の初日。
自演乙《じえんおつ》の部室に置かれていた一通のそれは、ある意味では予想通りであった。
千和の気持ちを思えば、そうなるのは必然。
最初に発見した俺も、次に見た真涼も、そう思った。
まぎれもない千和の字で、その封筒には、こう書かれていた。

退部届。

クラス	教会
レアリティ	SSR
	このユニットが場にいる限り、自分のユニットへのダメージは1になる（このユニットは含めない）。 自分の本体が回復するたび、自分のユニットすべての攻撃を+2する（このユニットは含めない）。
【変化時効果】	お互いの場にいるすべてのユニットを破壊する（このユニットも含める）。

#7 ピュア、ゆえに修羅場

三学期は短い。

まだ正月気分が抜けきらないなあ、なんて言っていたら二月になって。節分だの恵方巻《えほうま》きだの言ってたら、恋愛脳の祭典バレンタインが来て。それが終わればもう三月が見えてきて、期末テストの勉強しなきゃと言ってたら桜が咲いて卒業式である。

俺《おれ》たちは二年生なので、卒業式の代わりに修了式。

その後は修学旅行がある。

「ふわ……」

日課にしている朝勉のためあくびとともに登校した俺は、静かな教室にひとり座るカラオケ魔神を発見した。

「よお、カラ……最上《もがみ》」

長いおさげがふりっと揺れ、感情の読めないぬぼーっとしたまなざしが俺を捉《とら》える。

「いま、カラって言いかけなかった?」

「お前の本名を思い出すのに時間がかかったんだよ」

最上ゆら。

千和《ちわ》のかかりつけである整形外科医「アフロ先生」の愛娘《まなむすめ》で、優れた地頭《じあたま》と残念な歌声を持つ同級生である。俺より早く登校しているのは、極端に家が近いためだ。徒歩三十秒らしい。

「そういえば、おめでとう季堂《きどう》くん」

「何が？」

「例の校内推薦《すいせん》。ほぼあなたで決まりって噂《うわさ》が流れているわよ」

「噂で医学部行けたら、苦労はねえよ」

鞄《かばん》から参考書を出しながら応《こた》える。

「まだ三学期の期末テストがあるだろ。最後まで気は抜けないんだよ。万一、推薦が駄目だったら一般でも受けるんだし」

「本当にクソまじめねえ」

最上はため息をついた。心底《しんそこ》あきれてるような顔をしている。

「ところであなた、チワワとケンカでもした？」

どきりとした。

「どうして？」

「きのう、クラスのみんなとカラオケ行ったのよ。いつもわたしの次によく歌うのに、静かだったから」

「ふうん……」

「具体的にどのくらい静かかというと、歌う曲目が『限界突破×サバイバー』から『きよしのズンドコ節』に変わるくらい」

「その変化はよくわからないな……」

後者のほうが合いの手が入るぶん、カラオケでは盛り上がりそうだが。

「千和が静かだと、どうして俺とケンカしたことになるんだよ」

「あの子が元気ないなんて、他の理由が思いつかないから」

「そんなことないだろ。俺なら十個は思いつくぞ。ゆうべ食べたとんかつのお肉が筋張ってたなあとか、さっき入った牛丼屋の肉の盛りが悪かったとか」

事実ではあるが、話題をずらしている自覚はあった。

最上はじとっ、とした目で俺を見つめた。

「私、思ったんだけれど」

「なんだよ」

「あなたの医学部推薦への最大の壁って、成績じゃなくて、女性関係じゃないの?」

今度はズキッとした。

図星を「突かれた」というより、「えぐられた」って感じ。

「べ、別に校則違反はしてない」

「ハーレム四股《よんまた》をしてはいけません、なんて校則はないものね。でも風紀的にはどうなのかしら。……まあ、その風紀を司《つかさど》る委員長があなたにぞっこんなわけだけど」

ぞっこんなんて、古い言葉を使うなあ。

「先生から何か言われたことはねえよ」

「夏川《なつかわ》グループのご令嬢がいるのに、表立っては言えないでしょうね。でも、あんまり修羅場るようだと、どうかしらねえ」

ふわああ、と最上は大きなあくびをして机に突っ伏した。おしゃべりは終わりらしい。

まぁ、確かに一理あるが——今はそれより、あいつらのことが心配である。

千和と、あーちゃん。それに真涼《ますず》。

ケンカしつつも、なんだかんだ仲が良かった「自演乙《じえんおつ》」が、崩壊の危機を迎えている。

ハーレム部がなくなってしまえば、最上の言う通り、医学部推薦的にはプラスなのかもしれないが——せっかくみんなで作った居場所がなくなってしまうのは、どうにもやるせない。

俺の高校生活は、医学部受験のために捧《ささ》げた。

そのことに一片の悔《く》いもない。

だが、大人になってから高校生活を思い返したとき「受験しかなかった」——となってしまうのは、やっぱり寂《さび》しいと思う。

卒業までは、まだ一年ある。

まだ、やり直せる。

そのためにも、どうにか仲直りの方法を探りたいものだが……。

◆

放課後。

自演乙部室の空気は、二分されていた。

小上がりの座敷では、ヒメ率いる「金色の暗黒天使団」が新たな同人誌づくりに励《はげ》んでいる。十二月の即売会は百部持ち込んで実売八部という惨敗に終わり、さすがに一時期は落ち込んでいた。だが、今はむしろ逆境に燃えている。「今度はチューリップじゃなくて、紫陽花《あじさい》をブッ刺すわよ！」。そこじゃねえよ豚野郎。

昨年以上の熱気でもって創作に勤《いそ》しむ三人組とは対照的に、こちらは閑散《かんさん》としている。

俺と真涼。

出席は二人だけである。

「もにょ〜」

と。

例によってもにょモードに移行している真涼さん。

部室に来て何かするでもなく、机にもにょ、もにょと頬《ほお》ずりして放課後を過ごしている。

「このままだと、廃部だな」

数学の問題集を解きつつ、水を向けてみた。

「はいぶ?.?.?」

きょとん、とした蒼《あお》い瞳《ひとみ》がこちらを向く。うーん、いつ見ても調子狂うなあ。

「だって、千和はやめちまったんだぜ。四人しかいないから、正式な部とは認められないじゃないか」

まあ、うちの顧問って一度も部室に来たことないし、黙ってたらバレないけどさ。

「もしあーちゃんまでやめたら、俺とお前とヒメだけだ。三人で、どうやって活動するんだ」

「ど～～でもいいんじゃないでしょうか？？？？」

ぽよぽよと、ほっぺを机にバウンドさせる。

「どうせいままでもろくなかつどうをしていませんし」

「お前が言うなお前がァ!!」

確かにその通りなんだけど！　おっしゃる通りなんだけど!!　主犯格が言うなっつうんだよ!!

机の上で真涼のスマホが「ROUNDABOUT」を鳴らしているが、一向に反応する様子がない。

電話の着信だと思うのだが。

「おい、鳴ってるんじゃないのか？」

「みかんへんしうちょーからですね」

ちらっと画面を見ても、真涼は手を伸ばそうとしない。

「出なくていいのかよ？」

「よるにこちらかられんらくしますので」

もにょ～、とため息をつく真涼。だめだこりゃ。

「さいきん、ディオのことばをおもいだすんですよ」

「ああん？」

「『人間は策を弄《ろう》すれば弄するほど予期せぬ事態で策がくずれさる』。あれを、まさにじっかんしてるもにょ～」

「ああ……」

ジョースター卿《きょう》殺害容疑で逮捕される直前、ディオがジョナサンに語った言葉だ。

その直後にディオは石仮面をかぶり、例の名言「おれは人間をやめるぞ！　ジョジョーーーッ！」が炸裂《さくれつ》するわけだが、お前の場合もともと人間やめてるじゃん。

だから当てはまらないと思うのだが、堕《お》ちた帝王はもにょもにょと、ほっぺで机を這《は》いずり回る。器用だ。

「どうして、なっとくしてくれないんですかねえ」

「何が？」

「わたしがえいたのことをすきだなんて。はるさきさんは、どうしてそうきめつけるのでしょう。このわたしが、このなつかわますずが、れんあいあんちのていおうであるわたしが、れんあいのうだなんてこと、あるはずがないもにょ」

「……そりゃ、何か証拠がないと納得しないんじゃないか？」

「ありますよ証拠なら！」

しゃきんっ、と真涼はいきなり上体を起こした。突然正気に戻るなよ、怖いなあ。

タブレットを操作して、ついっと俺に向かって差し出す。そこに表示されていたファイルは「バレンタインを、ぶっこわーす！」。またかよ。詳細な図解やグラフなどを交えて、ハネ高におけるバレンタインをいかに妨害するか、様々な方策が書かれている。高校生が作る計画書としてはデキが良すぎて、まさにスキルの無駄遣い。

「もし私が恋愛脳ならば、わざわざこんなものを作るはずがないでしょう？」

「……まあな」

そもそも、こんなものを大真面目《おおまじめ》に作るやつはお前くらいだ。

「こうなったら、やっぱり例の恋占いの石を爆破《ばくは》してみせるしかないわね」

「いやいやいや……やめろって。マジでシャレにならないから。全国ニュースになるクラスの犯罪だから。下手したら少年院行きだよ」

「いいじゃありませんか少年院。恋愛脳だなんて汚名《おめい》を着せられるくらいなら前科がついたほうがまだマシですッ！」

ヒートアップした真涼さん、ストーンオーシャン一巻のポーズをキメてみせる。少年院とかけたのか？　わかりづらいネタ振りだ。俺じゃなきゃ見逃しちゃうね。

「お話し中、御免《ごめん》つかまつる」

スケッチブックを抱えたヒメが歩み寄ってきた。たまに時代劇口調《くちょう》になるのはなんなんだろう。

「新作同人誌のキャララフ、見てみて？　どっちがいいか教えて？」

開いたページに描かれていたのは、全裸の美少年AとBであった。優しい系とオラオラ系？

みたいな？　どちらもなかなかの美形である。

ていうか、

「絵、上手《うま》くなったなあ」

感想を述べると、ヒメは色白の頬を桜色に染めた。可愛《かわ》っ。

しかしお世辞ではない。プロ級……とまではいかないにせよ、ふつーに上手いというか、同人としては上級クラスに指先をかけているような感じ。もともと、めちゃめちゃ字が上手かったりして、デザイン系の才能があったにせよ、この一年でよくここまで上達したもんだ。

「俺はAかな。こっちのほうが女性受けするんじゃないか？」

「なら私はBですね。オラオラ系の方が、エキセントリックな作風に映えるかと」

ふむふむ、とヒメは頷《うなず》きつつメモを取る。

「それにしても秋篠《あきしの》さんの漫画は、同性愛ばかりなんですね。普通の異性愛では駄目な理由は、何かあるのですか？」

「理由も何も、BLは同人でも商業でも一大ジャンルだぞ」

「答えになってないじゃないですか。その一大ジャンルになった理由は何か、ということです」

……まぁ、そうか。

考えてみたこともなかった。同性愛。ＢＬ。百合《ゆり》。そういうジャンルだから、ということで思考停止してた。

でも、どうしてそういうものが好まれるのかまでは、考えたことがなかったな……。

ヒメはしばらく考えた後、口を開いた。

「そこには、より純粋な恋愛があるから」

「純粋？」

「同性愛は少数派。さっき会長が言った通り『普通じゃない』。社会的にも弱い立場で、法律も社会も冷たいことが多い。なのに惹《ひ》かれあうということは、それだけ純粋であるということ。肉体的にも社会的にも繋《つな》がることが難しいのに、それでも一緒になりたいという想《おも》いは、」

「美しいのよっ!!」

と、卓袱台《ちゃぶだい》に向かったまま吠《ほ》えたのは夏川真那《まな》さん。

「アタシのアーティスティックな美意識は、同性愛じゃないと満足できないの!!　表現できないのよ！　よりピュアに！　ピュアリィーに！　ぴゅあぴゅあぴゅあぴゅあぴゅあぴゅあぴゅあぴゅあーーーー！！！！」

うおおおおっっっ、とペンが走り、原稿が飛び散る。瞬《またた》く間に完成していくネームを、リス子がささっとかき集めてチェックしていく。うーむ、鬼気迫る……。こいつはヒメとは別方向に進化している。

「だいたい、真那の言う通り」

ヒメは深く頷いた。その表情は揺るぎなく、自信に満ちている。

「ところで、会長。姉からの伝言」

「はあ」

「例の提携の話、両親からＯＫが出た。おおよその撮影スケジュールを組んでメールで送ってください、だって」

イベントのときに優華《ゆうか》さんが話していた「旅館あきしの」との提携は前向きに進んでいるようだ。

ヒメは真面目な表情で言った。

「会長は約束を守ってくれた。ちゃんとチワワとマスターに話してくれた。わたしも約束を守る。パチレモン専属のモデルとして、今後もご奉公つかまつる」

「……そうですね」

真涼は微笑《ほほえ》んだ。どことなく、力のない笑みだ。

「春咲《はるさき》さんと冬海《ふゆうみ》さんが抜けても、あなたさえいればパチレモンはなんとかなるでしょう。パチレモンは」

言外に「自演乙はもう終わり」という意味を込めたのか、真涼はパチレモンを強調した。

「否定《ひてい》」

ヒメは小さく、しかし素早く首を振った。

「チワワも、マスターも、絶対に戻ってくる」

「あの二人が、今さら私を許すとは思えませんが……」

「戻ってくる」

ヒメは確信をこめた口調で言った。控えめなヒメがこんな風に言い切るのは珍しいことだ。

「チワワとマスターにとっても、会長が作ったこの部は、居場所だから」

俺と真涼は顔を見合わせた。

居場所。

そういう観点で考えたことは、なかった。

単純に、真涼とあの二人の関係性でこの問題を考えていた。

「そういう考え方も、ありますか」

ヒメが執筆に戻った後、真涼はぽつりとつぶやいた。

「だけど、春咲さんには他にもたくさん友達がいますし、冬海さんにも風紀委員という居場所があります。そこまで、この部にこだわる理由はない気がしますが」

「そんなことねえよ」

慰めではなく、本気でそう思った。

「ここですごした二年間は、あいつらにとっても大きいはずだ。他の連中といるよりもずっと濃い時間を過ごしてきたはずだ。そんな場所から、簡単に離れられるはずはないさ」

「だと、いいんですけどね」

重いため息をつくと、真涼は再びへにゃっ、と机に突っ伏した。

またもや銀色のスライムと化して、机の上をもにょもにょと徘徊《はいかい》し続けるのだった。

◆

さて――。

俺の居場所はヒメが言った通り自演乙の部室なわけだが、現在はもうひとつ居場所というか、居なくてはいけない場所がある。

生徒会室だ。

修学旅行のスケジュール決めは順調に進んでいる。

宿や交通機関の予約手配なども完了し、しおり作りも専門の委員会が立ち上がり、書記クンがそれを仕切ってくれてる。生徒会長はそれらを監督し、承認のハンコを押すだけ。楽といえば楽である。

ほとんどの実務は優秀な部下がやってくれる。

結局のところ「長」の役目って、何か起きたときに責任を取ることなんだと思う。

「何か」なんて普通は起きないのだが、万一起きたときのために、常に控えてなければならない。そこにいるだけが仕事の置物。それが、生徒会長である。

そんなわけで放課後――。

置物の仕事を果たすため生徒会室に行くと、副会長カオルがひとりだけ。

難しい顔をしてPCを見つめている。

仕事で何か詰まってるのかと思いきや、見ていたのはネットニュースである。

「何か気になる記事でもあるのか？」

声をかけると、カオルは笑って首を振った。

「また、どこかの国会議員だか、地方議員だかが失言したんだよ。『同性愛者は社会の役に立たない』だってさ」

「ああ、そういう系か」

前にもあったな、そういうの。ＬＧＢＴがうんちゃら、みたいな。

「各所から批判にあって、発言を撤回したんだけどね。その謝り方が『誤解を招く表現だった。同性愛者を差別するつもりは毛頭《もうとう》無いが、不快な思いをさせたのであれば謝罪する』って」

「んー」

謝罪のテンプレートである。誤解ですよ、本心は違いますよ、差別してませんよ、と。

カオルはため息をついた。

「この手の謝罪を聞くたびに、いつも思うんだよ。そういう気持ちが心のどこかにあるから失言しちゃってるわけであって、誤解も何もないでしょうって。——鋭太《えいた》はどう思う?」

いきなり水を向けられて、焦《あせ》った。

正直、俺氏、この問題について深い知識も見識もない。センシティブな問題だから、迂闊《うかつ》に発言するのも憚《はばか》られる。

記憶の倉庫をひっかきまわし、やっぱり何もないので、とりあえず感じたことを述べた。

「……そうだな、謝罪が下手だなって思う」

「うん?」

「誤解を解くことばかりに意識がいって、実際に傷ついた人に対しては謝ってないよな。結局、自分自分自分、自分が大事かよって。まぁ、そういう我《が》が強い人じゃないと選挙とか勝てないんだろうけど」

このとき頭に浮かんだのは、何故《なぜ》か、真涼の親父のことだった。

自分、自分自分。どこまでも自分。実の娘よりも自分。

あの男の世界に、「他人」はいないのだろうか……。

「発言そのものについては、どう思う?」

「その切り取った部分だけを聞いたら、ひどい言い方をするんだなって思う。ただ前後の文脈がわからないから、本当のところはなんとも言えない」

そんな風に答えて、逃げを打った。

カオルはふんふん頷いてから、にっこり微笑んだ。

「鋭太らしい、公平《フェア》な回答だね」

公平、と解釈してくれたらしい。

……というか、つい昨日ヒメからそういう話が出たばかりだ。なんかシンクロニシティ。死刑囚来ちゃう。

「カオルは、どう思うんだ？」

ＰＣをぱたんと閉じて、カオルは答えた。

「しょうがないんじゃない？　この政治家の口の軽さにはあきれるけど、そう言っちゃう気持ちはわかるよ。同性愛って、少数派だからね。過剰に尊重したり保護したりする必要はない、みたいな」

「少数派の権利を守る法律作りも、政治家の仕事じゃないのか？」

あはは、とカオルは笑った。

「鋭太は純粋だね」

「おかしいかな？」

「建前《たてまえ》ではそうだけど、本音は違うってことさ。ルールなんて、多数派のためのものだからね」

ルールという言葉に、ドキッとした。

あの後夜祭——。

ここ生徒会室で、カオル、あるいはカオリはこう言った。

『違うよ。ハーレムが悪なんじゃない。ルールから外れているから、悪なんだよ』

『世の中はルール違反したやつは悪と決めつけていいことになってる』

『悪、悪、悪、悪、悪悪悪！　そう決めつけてくるんだ！』

思い出しただけで、背中に冷たい汗が噴き出る。

その声にも、表情にも、憎悪の色がはっきり浮かんでいた。

いま、目の前で微笑んでいる親友と同一人物とは思えないくらい——。

「ところで鋭太、何かあったの？」

カオルの言葉で、現実に引き戻される。

「な、何かって？」

「なんだか元気ないからさ。チワワちゃんたちとケンカでもした？」

まったく……。

なんでこういうの気づけるんだろうな、カオルって。

「真涼のやつが、千和とあーちゃんと、ちょっと揉《も》めててさ」

「ふうん。またいつもの板挟《いたばさ》み？」

そんなところだ、と肩をすくめる。

カオルの白い手が、俺の頭を優しく撫《な》でてきた。

「よしよし、鋭太。よしよし」

「………………」

「もしハーレムが嫌になったら、いつでも、僕のところに来ていいんだからね」

つむじに感じるその手は、本当に小さい。

女の子みたいに小さい。

近くにある長いまつげも、ぱっちりとした目も、透き通るような肌も、本当に——。

……本当に、カオルか？

そのとき、廊下を歩く足音が聞こえてきた。

近づいてくる。

扉が開くその前に、カオルの手が離れる。

ガラリと音がして、金色のツインテールが揺れる。

「ごきげんよう、カオル！　今日も来てあげたわっ!!」

「——やあ真那。ごきげんよう」

扉のほうを振り向く、その刹那《せつな》。

ほんの一瞬——ぞくりとするほど、冷たい目をした。

真那は知らない。

真那が見たのは、いつも通り、優しく微笑む遊井《あそい》カオルの顔だ。

だが、俺は見てしまった。

「…………」

どうして、真那に……。

どうして、自分に想いを寄せてくる女の子に対して、こんな目ができるんだ……？

New パチレモ!

爆誕前夜!

新・読者モデル

アイ

に5つの質問!

Q1 クリスマスといえば?

イルミネーション。
素敵なカレと見つめたいな❤

Q2 ではお正月といえば?

三が日が終わった後、
体重計に乗るのがコワイ!

Q3 晴れ着とドレス、どっちが好き?

どっちも素敵で迷っちゃう❤
TPOにあわせて❤

Q4 お年玉の使い道は?

ちょっとお高いエステに行ってきます❤

Q5 今年はどんな一年にしたいですか?

ますますステキに❤　モテカワに❤

＃パチレモンからひとこと

JKっていうかOLって感じ?

#8 愛衣のバレンタインは修羅場

生徒会の仕事もありつつ、ガリガリ勉強もしつつ──。

俺《おれ》ハーレムの抱える問題も、どうにかして解決しなければならない。

実際のところ、のんびり構えてもいられない。パチレモンの復刊イベントが三月に控えている。今までみんなで頑張ってきた目標を成し遂げる日に、千和《ちわ》とあーちゃんがいないのでは、やっぱりさみしい。

解決には、まずは話し合うことが第一。

あの日以来、千和とはろくな会話もない。ごはんも食べに来なくなった。学校ではいつも友達数人といて、どうにも話しかけづらい。放課後になれば俺が五組に行く前に帰ってしまう。露骨に避けられてしまっていた。

となれば、まずはあーちゃんか。

あーちゃんなら、放課後の居場所はわかっている。千和より捉まえやすい。

そんなわけで、一昨年の夏以来の風紀委員室にやって来たのであるが──なんというか、ここにはあんまり良い思い出がない。

当時の委員長・アホ毛まつり先輩をはじめとする風紀委員女子総出で「ハーレムなんて破廉恥《はれんち》です！」「他の女とは手を切りなさい！」と責められまくったのである。あれはけっこう、きつかった。男ひとりで、十人以上もの女子に囲まれて詰問《きつもん》されるなんてなかなかない経験。今後も、できれば経験したくない修羅場だ。

「えーと、こんにちは」

ノックして扉から顔だけを覗《のぞ》かせると、会議中だったらしい女子五名の顔が一斉にこちらを向いた。

そのなかに、あーちゃんの顔はない。

「何か、御用ですか？」

ロングヘアの一年生が言った。見た瞬間「ぴんっ」という音が聞こえそうなくらい、姿勢の良い折り目正しい女子。学園祭のとき、あーちゃんと一緒にいた子だ。その表情にも態度にも、警戒感ありあり。歓迎されてないのは一目でわかる。

「冬海《ふゆうみ》さん、いないかなと思って」

「委員長なら今日は不在です」

おや。珍しい。

委員会に出ないなんて、風邪《かぜ》でもひいたのか、それとも別の用事があって先に帰ったのか。

「愛衣《あい》ちゃん、今日は図書室で勉強するって言ってたよ」

ポニーテールの女子がそう言った。確かあーちゃんと同じクラスの子だ。こちらは、いくらか俺にフレンドリーである。

学年で対応の差があるのは、二年生はあーちゃんの恋を応援するという立場を取ってくれているからだ。

一昨年の夏。アホ毛先輩は、期待の後輩である冬海愛衣と、ハーレム破廉恥男である俺を別れさせようとした。だが、あーちゃんは言うことを聞かず、風紀委員たちが見ている前で俺に「愛の告白」をしてしまった。その熱烈さに絆《ほだ》されたアホ毛先輩は、風紀委員総出で恋の応援を約束してくれたのである。

当時のことを、現一年生は知らない。

彼女らにしてみれば、俺なんて「委員長に付きまとう悪い虫」くらいの存在だろうからな。

あーちゃんに恥をかかせないよう丁寧に礼を言って、風紀委員室を後にした。

職員室横にあるハネ高図書室は、たいてい空《す》いてる。蔵書も座席数も少ないから、みんな駅前の市立図書館のほうに行ってしまうのだ。今日も図書委員がカウンターで暇そうにしていて、他には居眠りしている男子が一人、勉強している女子が二人。寂《さび》しい雰囲気とは裏腹に、暖房がやたらと効いていて暑い。このへんのちぐはぐさが、いかにもハネ高っぽいと思う。

あーちゃんの姿は、窓辺の席にあった。

机にノートを広げてはいるものの、なんだか心ここにあらずな様子で視線を外に彷徨《さまよ》わせている。そんな風に黙っていると本当に綺麗《きれい》で、可愛《かわい》くて、あーちゃんがとびっきりの美少女であることを思い知らされる。そう。真涼《ますず》たちがいるから麻痺《まひ》しているけど、冬海愛衣だって、他の学校なら「校内一の美少女」と言われても不思議のない女の子なのだ。

ゆっくり歩み寄っていくと、あーちゃんが振り向いた。

「タッくん。こんなところでどうしたの？」

にっこりと微笑《ほほえ》む。機嫌が悪いようには見えなかった。

「最近部室に顔出さないから、心配で見に来たんだよ」

「まあ、ね——」

大きく伸びをすると、長い髪が肩から流れ落ちた。

「なんだかここのところ、気が抜けちゃって。考えることが多すぎるっていうか……。だから、ひとりでボーッとしていたくって」

「あーちゃんでも、そういうことがあるんだな」

常にきちっ、ぴしっ、としているのが冬海愛衣というイメージだ。

「タッくん、私をなんだと思ってるの？　そりゃあ愛衣ちゃん、ふつーの女の子だもん。そういうことだってあるわよ」

「……だよな。ごめん」

あーちゃんは笑って立ち上がった。

「話すなら、外に出ましょ。図書室は静かに使わなきゃね」

やっぱりあーちゃんは、冬海愛衣である。

◆

やってきたのは、校舎裏の花壇だった。

真冬の一月ということで、花壇にはなんの彩《いろど》りもない。申し訳程度の雑草と赤茶けた土だけがレンガに囲まれて存在している。雪でも降れば覆《おお》い隠してくれるだろうに、今年の冬は中途半端《ちゅうとはんぱ》な寒さで、かえって寒々しさを感じてしまう。

「タッくん、ここ」

そんな花壇を見渡しながら、あーちゃんは言った。

「一年の夏休みに、俺デレコンテストのやり直しをここでしたの。覚えてる?」

「もちろん」

あんな熱烈な告白、忘れられるはずがない。

容赦《ようしゃ》なく厳しかったアホ毛先輩の、頑《かたく》なな心をも溶かしてしまった、あの告白。

「あれからまだ一年と四ヶ月くらいしか経《た》ってないなんて、なんだか信じられないわね。思えば遠くに来たなあって、そんな感じ」

「いろいろありすぎたからな」

濃密すぎる高校生活を送っている自覚はある。春夏秋冬、他の高校生の四倍は濃い時間を過ごしてきたと思う。

「進学した先輩方の話を聞くと、三年生になったら受験まであっという間らしいわよ」

「今はまだのほほんとしているけど、四月から目の色を変えるやつは大勢いるだろうな」

そうね、とあーちゃんは頷《うなず》き、意外なセリフを口にした。

「実は私、三月いっぱいで委員長を引退しようと思ってるの」

思わず元婚約者の顔を見返した。

「どうして？　風紀委員長って、三年の九月に交代するんじゃないのか？　アホ毛先輩がそうだったじゃないか」

「ひとつは、受験のためね。神通大《じんずうだい》の法学部って、タッくんが受ける医学部の次くらいに難しいもの。正直、私の今の成績だと絶対安心とまでは言えないから」

あーちゃんの成績は、学年ひとけた後半というところ。校内では十分優等生だが、ハネ高は特に進学校というわけではないので、国立上位クラスを狙《ねら》うのはけっこう難しい。

「浪人は？」

「しないわよ。お父さんに負担かけたくないし。もし落ちたら、石河《いしかわ》大学の法学部に行くつもり。ここならまあ、受かるでしょ」

隣県にある国立大学の名前をあげた。神通大より二つくらいレベルが落ちる。あーちゃんならまず合格だ。

「だけど、やっぱり、タッくんと同じ大学行きたいもん。三年からは塾通いも始めるわ」

「受験のための、早期引退か」

筋は通っている。これなら委員や先生方も納得せざるをえないだろう。

「もうひとつは、……まぁ、これはちょっと自惚《うぬぼ》れてるかもしれないんだけど」

あーちゃんはぽりぽり頰《ほお》をかいた。

「今の風紀委員会って、なんだか私に頼りすぎてる感じがして、ちょっとどうかと思うのよね」

「働かないってことか？」

「ううん。みんな頑張ってるわよ。不真面目《ふまじめ》な子なんて一人もいない。──ただ、私の指示を待つばかりで、自分たちだけじゃ動けないってところはあるかもね」

強力なリーダーが存在するチームにありがちな欠点を、風紀委員も抱えているようだ。

「だからいっそ、委員長を新二年生に譲っちゃって、後ろからサポートするっていう風にした方がいいと思うのよ」

「もう、次期委員長の目星はついてるんだ？」

そこで、あーちゃんは大きく首を傾《かし》げた。

「一年の雪原《ゆきはら》さんが妥当なところだと思うんだけど、ちょっと、融通が利《き》かないところがあってね。休み時間まで腕章つけて、教室を見回ったり。……ふふ、昔の誰《だれ》かさんそっくり」

その瞳《ひとみ》は、どこか遠くを見ていた。

過ぎ去った日々を懐かしく見つめるような、そんなまなざし。

「雪原って、あの子か？　学園祭のとき一緒にいた」

「そう、彼女。――なんかね、私に憧《あこが》れてるんだって。髪型までそっくりにして。なんだか、くすぐったいわよね」

照れくさそうに、あーちゃんは少し赤くなった鼻の頭をかいた。

「……やっぱり、あーちゃんはすごいな」

「え、どうして？」

「自分のことだけじゃなくて、ちゃんと周りも見えてる。俺なんか、自分のことだけで精一杯だってのに。そのせいで今、こんなことに……」

「夏川《なつかわ》さんのことを言ってるのなら、それは違うと思うわよ。彼女の自業自得。それ以外の何物でもないわ」

きっぱり。すっぱり。

あーちゃんらしい、容赦のない潔《いさぎよ》さ。

「彼女が最初についた『嘘《うそ》』を清算せずに来ちゃったから、こんなにこじれちゃったのよ。私のときみたいに、さっさと白状してれば良かったのに」

そんなこともあった。

村田《むらた》・ミッシェル・大五郎《だいごろう》。自分にも彼氏がいると見栄《みえ》を張ったあーちゃんが作りだした、虚構の男性。嘘彼氏。……ちなみに、ネットでこの名前を検索すると、胡散臭《うさんくさ》いハーフのおっさんの顔写真がヒットする。実在すんのかよ。

「あのときのあーちゃん、白装束《しろしょうぞく》着て十字架かついで、みんなに謝ってたよな」

「……いや、まあ、夏川さんにそこまでしろとは言わないわよ？　ていうか、夏川さんの場合はそこじゃないのよ」

「そこって？」

「タッくんの弱みを握って彼氏にしてたっていう卑劣さも許せないけど、本当に許せないのは、未《いま》だにタッくんのことを好きだって認めないことよ」

あーちゃんの表情に怒りが浮かび上がる。

「はじまりも嘘でした。今も嘘をついています。ようするにずーっと、延々と、嘘をつき続けてるわけじゃない。現在進行形で。これでいったい、何を信じろっていうのよ。人をバカにした話だと思わない？　ねえ？」

「……うん」

返す言葉もない。

ずっと、嘘。嘘。嘘。

ぜんぶ嘘。

自分の心ですら、嘘。

それが、夏川真涼。

「夏川さんがタッくんのことを好きだって認めない限り、私たちに謝罪したことにはならないのよ。千和も同じ考えよきっと」

「……でも、それは無理だと思う」

「どうして？」

「恋愛アンチは、あいつのアイデンティティだから。誰かに恋してる真涼なんて、真涼じゃないから。自分ってものが崩壊しちまうから。あいつは恋に落ちるわけにはいかないんだ」

あーちゃんは深いため息をついた。

「じゃあ、ハーレムなんて無理じゃない。夏川さんを入れるのは、無理よ」

「いいや」

ためらいなく首を振った。

この点に関するかぎり、俺の中で結論は出ている。

「俺のハーレムには、『居場所』には、夏川真涼は必要不可欠だ。あいつがいてこその、乙女《おとめ》の会。千和、真涼、ヒメ、あーちゃん。誰が欠けても、俺の居場所じゃない」

「私も千和もヒメちゃんも、あなたを好きってことは共通してるのよ？　あの子だけが認めないのよ？」

「それでも」

俺はあーちゃんをまっすぐに見つめた。

「それでも——俺は真涼を見捨てない」

そのときだった。

校舎の中から何やら険悪な声が聞こえてきた。

見れば、廊下で一年の女子二人が言い争っている。

窓の外にいる俺たちにも気づかず、唾《つば》をも飛ばさん勢いだ。


「だから、何度も言ってんじゃん！　カオルのことなんか好きじゃないってば！」

「遊井《あそい》先輩って言いなさいよ、失礼でしょ!?」

「アタシそーゆー日本のしきたりわかんないんでー。どうでもいいんでー」

「好きじゃないなら、どうしてつきまとってんのよ！　生徒会にまで入ったくせに」

「あっ、あれはキモオタに頼まれただけだし！　ていうかつきまとってないし！」

「つきまとってんじゃんどう見ても！　遊井先輩に迷惑かけないでよ！」

「ぜーんぜんっ！　違う！　むしろ逆！」

「逆？」

「カオルが、アタシに、つきまとってるのよ!!」


……と。

語る必要もないことだが、めちゃくちゃな論理を展開しているほうは、金髪豚野郎である。

相手の子のほうは、絶句して目をまんまるに見開いている。ぱかーんと、口と鼻の穴を開いて。

まぁ、そうよな。俺から見たって、真那《まな》がカオルにつきまとってるという見方が正しい。十人に聞いたら十人がそう答えるだろう。

だけど。

真那だけは、認めない。

カオルに恋していることを認めない。

「――――ぷっ」

あーちゃんが吹き出した。

「姉妹《しまい》ね、やっぱり」

「……だな」

しばらく笑うと、あーちゃんは吹っ切れたような顔を浮かべた。

「タッくんが言うなら、しょうがないか。ハーレムの言い出しっぺ、私だもんね」

「じゃあ……」

「まだ、許すとは言ってないわよ」

甘い希望を抱いた俺を叱《しか》りつけるように、ぴしゃりと言った。

「夏川さんには、テストを受けてもらうわ」

「テスト？」

あーちゃんは、ぱちん、と片目をつむってみせた。

「ちょうど良いことに、もうじきバレンタインなのよね」

◆

翌日の放課後。

とある命令をあーちゃんから仰《おお》せつかった俺は、部室に寄らずまっすぐ帰ろうとした真涼を強引《ごういん》に引きずっていった。

家庭科室、である。

そう書かれたプレートを見上げて、真涼は不審そうな顔になる。

「こんなところで何を？　ああわかった、さては乱暴するつもりね？　私を犯すつもりなんでしょうそうでしょうこのセックス厨《ちゅう》！」

「あーちゃんが、お前に話があるんだってよ」

「話？　……じゃあ、その後、二人がかりで？」

「セックスから離れろや！」

向こうの廊下で、女子二人がこっちを見てひそひそ何か言い合ってる。通報される前にさっさと入ろう。

「いらっしゃい。夏川さん」

そこには、ピンクのエプロンをつけたあーちゃんの姿があった。

いやあ……。

本当に、似合うなあ。エプロン。

家庭的なあーちゃんの魅力がぐっと引き出されて、なんかこう、男の帰巣本能《きそう》に訴えかけてくるものがある。

「なるほど。私に裸エプロンを着せようという魂胆《こんたん》ですか。いやらしい」

と、真涼さん。お前が待ち受けている巣には帰りたくないな……。

警戒心を露《あら》わにする真涼に、あーちゃんはしれっと声をかける。

「おひさしぶりね。元気だった？」

「……ええ、まあ」

真涼はすっ、と視線を逸《そ》らす。目を合わせようとしない。気まずいのだろう。真涼のこういう弱気な姿勢を見るのは珍しい。

「もうすぐバレンタインでしょ？　一緒にチョコでも作ろうかと思って」

「……はあ？」

ますます、真涼の眉《まゆ》が曇る。恋愛アンチにバレンタインチョコ。サメに自転車みたいな組み合わせだ。

「パチレモンwebでも、バレンタイン企画は用意してるんでしょう？」

「それは、まあ」

「じゃあ二人でチョコ作ってる画像も載せましょうよ。タッくんに撮ってもらって」

俺はスマホを取りだして、真涼に見せた。

「何を企《たくら》んでいるんです？」

「別に何も？　ただ、ずっとこのままってわけにもいかないでしょ。あと一年、同じ学校に通うわけだし」

真涼はいつでも逃げ出せるようにしていた姿勢を改め、あーちゃんに正対した。

「私を許すというのですか？」

「それは、あなたが作るチョコ次第かなー」

なんて言いながら、あーちゃんは真涼のために用意したエプロンを差し出した。

「愛するタッくんのために、恋仇《こいがたき》同士が一致団結してチョコを作る。なかなかモテカワな企画だと思わない？」

「……いいでしょう」

ひとまずという感じで、真涼はエプロンを受け取った。まだ警戒は解いていない。

机にはすでにチョコの材料と調理器具が並んでいる。

俺も料理するからわかるが、チョコレート作りはそれほど難しくない、チョコを溶かすとき焦《こ》がさないように気をつけなきゃいけないくらいだが、なにしろ調理するのは真涼である。鍋《なべ》の中で核爆発《かくばくはつ》が起きても不思議ではない。

あーちゃん、そのあたりは考慮に入れてるのかな……。

◆

まな板の上に載せた板チョコを、包丁でフレーク状に削っていく。

あーちゃんはザクザクトンッと軽快な音を立てているが、真涼はゴリゴリドスン、ヘビーな重低音を家庭科室に響かせている。まぁ、これはしょうがない。あーちゃんが特別上手なだけで、普通は真涼みたいになる。

「こうやって並んでお料理してると、一年の夏合宿思い出さない？」

「俺デレ、コンテストの、ときですかっ？」

包丁に意識を集中させているので、真涼の言葉はぎこちない。

「そうそう。あのときはカレーだったかしら。千和とヒメちゃんが買い物に行ってるあいだ、こうして二人で材料切ったじゃない」

「ありました、ねっ！」

「手を切らないように気をつけなさいよ。……あのときの夏川さん、タマネギもジャガイモも豆粒みたいになるまで剝《む》いちゃってたわよね。その手つき見てると、未だに料理は駄目みたい」

「あいにく、ウイダーインゼリーしか食べませんので」

まな板の上を滑るチョコを押さえつけ、包丁でグリグリしている。すでにその手はチョコまみれである。

「あのとき、私がなんて言ったか覚えてる？」

「覚えてますとも」

真涼は手を止めて、隣のあーちゃんの横顔を見つめた。

「あのときから、もう冬海さんには見当がついていたのでしょう？　私と鋭太《えいた》のあいだには秘密があると」

「まあね」

あーちゃんは手を止めない。削ったチョコを、慣れた手つきでボウルに入れていく。

「だけど、まさか弱みを握って言うことを聞かせた――なんて話だとは思わなかったわ」

「…………」

「そんなことをして、心は痛まなかったの？　あなたはそれでいいかもしれないけど、タッくんのことを好きな女の子――私や千和が傷つくとは考えなかったの？」

俺はごくりと唾を飲み込んだ。

話が核心に近づき、あーちゃんの顔が真剣になっている。

真涼はうつむいたまま、顔をあげない。

「……冬海さん」

「ええ」

「チョコが、なくなってしまいました」

真涼は両手を広げてみせた。チョコでコーティングされたみたいに真っ茶色になり、まな板の上はチョコのプールである。全部溶かしたのかよ。

さすがのあーちゃんもこれには呆《あき》れ、

「いやいや。ありえないんですけど……。フレーク状に細かく刻むだけって言ったじゃない」

「そのつもりだったのですが、思いのほか手強《てごわ》くて」

ふう、と真涼さん。何故《なぜ》かやり遂げた顔である。

「憎きバレンタインチョコなのだと思うと、ついつい力が入ってしまったのでしょうね。こんなチョコでは鋭太も食べられない。ザマみろ&スカッとさわやかです」

むしろ朗報だな。お前のチョコを食わずに済むのは。

あーちゃんは自分の板チョコを半分にぶった切り、真涼のまな板に置いた。

「ハイ続き。今度はちゃんと削りなさいよ。量はほんのちょっとでいいから」

「もう、このチョコをそのまま食べさせれば良いのでは?」

「それじゃあ手作りにならないじゃない!」

真涼はふっと肩をすくめた。

「考えてみれば、チョコ作りって虚《むな》しいですよね。できあいのチョコを削って溶かして、成型し直すだけじゃないですか。それを手作りと称して男の歓心《かんしん》を買おうというのだから、バレンタインという行事がいかに虚飾《きょしょく》に満ちているかを端的に示してると言えましょう」

言いたい放題である。

正直、少し同意する部分もある。手作りチョコって、手作りっていうにはなんか違和感あるんだよな……。俺も恋愛アンチだからってことなんだろうか。

「ま、そうかもしれないけど」

あーちゃんはあっさりと受け入れた。

しかし、それから視線を鋭くして、

「それと、あなたが料理下手なこととは無関係だから。ちゃんとやって」

「……はいはい」

真涼さん、渋々と包丁を握り直す。

意外と素直である。

ゴリゴリドスンを再開させつつ、口を開く。

「痛みませんよ」

「え？」

「さっきの質問。心は痛まないと言ってるんです。恋愛脳のあなたや春咲《はるさき》さんがどれだけ傷つこうと、いい気味だと思うだけです」

ふう、とあーちゃんはため息をつく。

「そもそもなんだけど、どうしてそこまで恋愛を憎むのよ？　そこまで嫌うからには何か理由ときっかけがあるんでしょう？」

「……それは」

真涼は言いよどんだ。

恋愛アンチになった理由。

それは、真涼の家庭の事情と深くかかわっている。今回の事案の発端《ほったん》となった、両親の離婚に関係しているのだ。

真涼にとって触れられたくない部分のはず。

俺以外は立ち入ったことのない「聖域」のはずだ。

「私には、聞く権利があると思うわよ」

そこに、冬海愛衣は足を踏み入れた。

ついに、というべきか。

とうとう、自演乙《じえんおつ》のメンバーが、その扉の前にやってきたのだ。

「いろいろ複雑な事情があるらしいっていうのは察するわよ。個人のプライバシーに普通だったら踏み込まないけど、今回は別。それを聞かない限り、私たちをだましていたことに納得できないから」

正論である。

千和もまっすぐなやつだけれど、あーちゃんのまっすぐさは性質がまた異なる。理路整然、きっちり情理を踏まえたうえで、直線的に斬《き》り込んでくる。

論理と倫理を重んじるだけに、それを屁《へ》とも思わない真涼には足をすくわれやすい。

これまではそうだった。

だが今回は、その実直さが、真涼を納得させたようだ。

「……わかりました……」

観念したように目を閉じたあと、真涼は言った。

「言っておきますが、たいして楽しい話ではありませんよ。他人の家庭の事情なんて」

「いいから、聞かせて。──もし、つまんない理由だったら、そのときこそ許さないんだから」

あーちゃんのまなざしはあくまで真剣だった。

削ったチョコをボウルに入れて、生クリームを入れて混ぜ合わせる。

なめらかなクリーム状になったら、バットに入れて平らにならし、冷凍庫《れいとうこ》に入れて一時間ほど冷やして固める。

その固まるのを待つあいだ、真涼の話を聞いた。

◇

遠い北欧の国・スウェーデンで夏川亮爾《りょうじ》に見初《みそ》められ、東の果ての国・日本までやって来た真涼の母・ソフィア。

しばらくして亮爾は別の女を作り、ソフィアは夏川の屋敷を出て真涼とマンション暮らしを始めた。母娘水入らず。真涼にとって、幸せな時間だった。

真涼が七歳のとき、亮爾が母娘の前に現れた。

今までの不実を詫《わ》び、三人でやり直そうと言った。日本を出てスウェーデンで暮らそうと言った。

真涼は渋ったが、ソフィアは受け入れた。

先に、真涼と亮爾だけがスウェーデンに行くことになった。

『お母さんもすぐに行くから、向こうで待っていてね』

真涼はその言葉を信じ、母が来るのを待ち続けた。

一ヶ月がすぎ、二ヶ月がすぎ、半年がすぎ——そして一年がすぎた。

ソフィアは、やってこなかった。

亮爾は、別の女と再婚して、真那という娘までもうけていた。

真涼を呼んだのは、真涼という並外れて美しい娘をビジネスに利用するためだった。

『そんな美しい「前妻の子」を引き取って育てている。後妻との仲も上手に取り持っている。そういう男は社会的にも賞賛、信頼される。そうは思わないかい？』


真涼は裏切られたことを知り、日本に帰ることを決意した。

きっと母は、父にだまされている。

顔を見て話せば、きっとわかってくれる。また二人の暮らしに戻れる。

父の元から脱走し、日本のマンションに戻った。母と離れてから、実に三年の月日が経っていた。

ようやく帰れたマンションは、しかし、もぬけのからだった。

真涼は、亮爾を詰《なじ》った。

『お母さんをどこにやったの』
『私は知らない』
『ウソよ。お父さんが追い出したんでしょう！』
『重ねて言うよ。知らない。あれは、自らの意志でどこかへ行ってしまったんだ』

亮爾が正しかったのか、あるいはこれも嘘だったのか——。
真涼は後者だと信じ、高校進学を機に日本のマンションで暮らすことを選んだ。
母親が、いつか自分の元へ戻ってきてくれることを信じて。

◇

「今となってはもう、どちらでもいいわ」

冷蔵庫の機械音だけが聞こえる家庭科室に、真涼の声が響いた。
「いずれせよ、母は私のもとを去った。有数の資産家である夏川の家にいるほうが、私の将来にとって有益だからと。母の目は正しかった——ということになるのかしら。私が今、高校生の身空《みそら》でパチレモン復活事業に携《たずさ》われているのは、夏川の資本があればこそだもの」

そう。

結果を見れば、ソフィアさんの見立ては、正しかったことになる。

真涼の美貌《びぼう》も、その才覚も、一般庶民の枠に収まるものではない——。

「今は母も再婚して、別の家庭を持っているわ」

去年の一月ごろ、俺は真涼と一緒にソフィアさんの再婚家庭を見に行った。立派な家で、可愛い娘までいて、幸せな家庭を営んでいた。

「それを確認《きき》した私は、もう、母を待つのは止めたの。誰の手も借りない。私は、私の手で運命を切り拓《ひら》いてみせる。私自身で事業を興し、父の軛《くびき》から脱して見せるとね。——後はもう、冬海さんも知っての通りよ」

あーちゃんは沈黙している。

丸椅子《まるいす》に腰掛け、じっとうつむいたままだ。

「以上」

ため息とともに真涼は言った。

自嘲《じちょう》的な冷笑が、その美貌に浮かんでいる。

「話してみると、なんてことはないわね。世界じゅうの悲しみすべてを背負ってるような気持ちに、一時期はなっていたけど……こうして取り出してみたら、なんてことのない、どこにでもあるような安いドラマでしかないわ」

あーちゃんは、まだ顔を上げない。

「どうかしら、冬海さん。これで私を許す気になった？」

沈黙。

「そんなはず、ないわよね」

沈黙を、真涼はそんな風に解釈した。

「それも仕方ないでしょう。それとこれとは、別ですものね。……さあ、チョコがそろそろ固まったころでしょう」

立ち上がりかけた真涼の手を、あーちゃんがつかんだ。

もう一方の手で、ごしごし顔を擦っている。


「……わかる……」

怪訝《けげん》な顔をする真涼に、あーちゃんは繰り返した。

「わかる。わかる。おかあさんに、あいたかったきもち、わかる」

聞き取りづらかった。

小さくて、弱々しくて、掠《かす》れていて。ともかく「わかる」と繰り返しているのだけは聞こえてきた。

「私も、お母さんを亡くしてるから。もし叶《かな》うことなら、できることなら、もう一度会いたいって、何度も、何度も……」

真涼はぽかんと口を開けている。呆然《ぼうぜん》と立ち尽くしたまま、えっぐえっぐと嗚咽《おえつ》するあーちゃんのつむじを見下ろしている。

自分の話がもたらした、思わぬ「共感」に、驚いているのだ。

もしかしたら、初めてじゃないのか？

夏川真涼が、誰かからここまで「共感」されたのって。

涙を流すほどの共感を。

「…………」

ていうか、あーちゃんガチ泣きじゃん。

こんなにボロボロ泣いてるのを見るのは、「こんいんとどけ」をあーちゃんが自分で破り捨てたとき以来だ。

ハンカチを差し出すと、あーちゃんは子供みたいに首を振った。

「な、泣いてないから……グスッ……」

いやいやいや。さすがに無理あるから。意地を張るのも度を超すとギャグの領域である。

「とっ、ともかくっ！　それとこれとは話が別だから!!」

あくまで泣いてないと言い張る冬海愛衣は、真《ま》っ赤《か》に充血した目で真涼を見つめた。

「あなたが、お母さんのことを吹っ切るために頑張ってるのはわかったわよ。でも、だからって偽彼氏みたいなことをしたら駄目なんだから！」

と、あくまで最初の理屈に固執《こしつ》するあーちゃんであるが、なにせ泣きはらした顔だから説得力がない。

これは……もう。

これはもう、「無理」だな。

怒り続けるの、無理。

一度共感しちゃったら、同情してしまったら……その相手に、本気で怒りを抱き続けるのは無理だ。

冬海愛衣のような優しい女の子は、特に。

「さあ、冷蔵庫からチョコ出して！　ひとくち大に切ったら、タッくんにさっそく味見してもらいましょ！　まずは夏川さんのから！」

言われるまま、真涼は黙々とチョコを切り分けた。やけに素直である。

「これが、あなたからタッくんへの初のバレンタインチョコってことになるわよね。既成事実ってわけよ。こうして形を積み重ねることで、愛情は育《はぐく》まれていくの。わかる？」

恋愛ベテラン勢、みたいな顔で講釈《こうしゃく》するあーちゃん。

……ん、まぁ。ともかくいただくか。

「じゃあ、鋭太。あーん」

フォークでチョコをひとつ取り、真涼は俺の口に差し出した。その顔はまったくの無表情。愛情のかけらも感じねえ。

……危ない。

やばい。

真涼がこういう顔をするときは、絶対に――。


「ドモンッ⁉」


口の中でチョコが爆発したァ⁉

バチッ、バチバチバチッ！　と、リアルで音がしている。なんだこれ⁉　何が起きた⁉　俺の口内で自爆テロっ⁉

床を転げ回る俺を見て、あーちゃんが言った。

「夏川さん⁉　あなたチョコに何入れたのよ⁉」

「ええ。ちょっと隠し味として、はじけるキャンディー・ドンパッチを」

「なにその過激な名前の飴《あめ》⁉」

あーちゃんは知らないようだが、俺は知ってる。ザラメのような飴に炭酸ガスが仕込まれていて、口に含むとバチバチッと弾《はじ》ける駄菓子である。子供のころ、時々食べたなあ。

「鋭太ったら、私が作ったチョコをそんなまずそうに……」

真涼は両手で顔を覆って、膝《ひざ》をついた。

「これじゃあ、私、恋愛アンチを続けるしかないですね。愛する人から手作りチョコを拒否されてしまったんですもの。ヨヨヨ……」

「あなたが物騒なもの仕込んだからでしょ⁉　あああもおどこまで強情なのよっ！」

あーちゃんはキッと真涼をにらみつけ、ビシッと指さした。

「もーいい！　わかったわ！　何がなんでも認めさせてあげる！　あなたがタッくんのこと好きだって認めさせる！　愛情しか入ってないチョコ、作ってあげられるようにするんだから！」

「お断りします。ヨヨヨ……」

「いいかげん嘘泣きやめなさいよ鬱陶《うっとう》しいわね⁉」

……いやあ。

それ、無理じゃないかな……

ていうか、それまで俺の体は持つのだろうか？

悪意しか入ってないチョコを味わいながら、そう思う俺であった。

クラス	中立
レアリティ	SR
	場に出た時、レアリティSSRのカードをデッキから1枚、手札に加える。
【コスト４を支払って場に出した時】	変化する。
【変化時効果】	このユニットが破壊された時、相手の本体にXダメージ。Xは「このバトル中、自分のユニットが変化した回数」である。

#9 千和と真涼ママが修羅場

なし崩し的にというか、元サヤ的にというか——。

ともかく、あーちゃんとの仲直り（直る仲など最初からなかったという話もあるが）を果たした夏川真涼《なつかわますず》は、翌日、放課後の教室にて次のように言い放った。

「次は、春咲《はるさき》さんを説得します」

……お、おう。

なんか、別人のようにやる気を出している。

あーちゃんの自演乙《じえんおつ》復帰を取り付けて、テンションが上がっているらしい。

「どうやって？　やっぱ食い物か？」

「いいえ。やはり事が事だけに、誠心誠意話し合ってみるのが大切でしょう」

「………」

「どうしました？　そんなじっと、私の顔を見て」

「いや、お前の口から誠心誠意とはな」

どの口が言うのか。目の前の口だ。

夏川真涼が言いそうにない四字熟語ナンバーワンである。

「まあ、直接会って話すのが一番なのは間違いないな。俺《おれ》がセッティングしてやればいいんだが……」

「あなたの手は借りません」

真涼は勇ましく立ち上がる。

「セッティングなんてまどろっこしいこと、必要ありません。今すぐ突撃をかませば良いだけのことッ！」

千和《ちわ》のクラス・五組まで出向く気らしい。

あまり騒ぎを大きくしないほうがいいんじゃ？ ……とか言う暇もなく、真涼は急ぎ足で教室を出て行った。あわてて俺氏、後を追う。


「春咲さんっ！」


ちょうど帰ろうとしていた千和を、真涼は廊下で呼び止めることに成功した。

「春咲さん、お話しがありますっ。春咲さん！」

仰々《ぎょうぎょう》しい呼び声に周りの生徒が何事かと注目するなか、千和は表情を変えなかった。

じっ、と上目遣《うわめづか》いに真涼のことを見つめる。

「……何？」

「先日のこと、もう一度じっくり話したいと思いまして」

にこにこ。

真涼は頬《ほお》に微笑を浮かべている。精一杯の愛想《あいそ》笑いらしいが、唇の端が引きつっている。千和に微笑《ほほえ》みかけるのは真涼にとって相当のストレスらしい。

「……あたしは、話すことなんか、なんにもないし」

「そうおっしゃらず。そうだ。部室に美味《おい》しいケーキがありますよ。一緒に食べましょうよ？」

千和はじろじろ、真涼の顔を見つめた。

「なんだか、夏川らしくないね」

「それだけあなたに誠意を尽くしているということです」

「誠意？　やめてよ、ますますらしくない」

千和も俺と同じ感想を抱いたようだ。

「らしくない謝罪されたってキモイだけだし、謝ってもらったからって許せることじゃないし」

「…………」

「あたし、友達と約束あるから」

それじゃ、と言うなり千和はすたすた行ってしまった。

後に残されたのは、微笑みを凍りつかせたまま立ち尽くす真涼さん。

千和の肩に置かれるはずだった手をひらひら彷徨《さまよ》わせたまま、肩を小刻みに震わせている。

そんな真涼を見て、ひそひそ話をかわす生徒たち。こんなの、格好の見世物である。「うわー」

「修羅場だ」「見ちゃったよ俺……」そんな声が聞こえてくる。スマホを取り出して撮影しようとする者までいたので、さりげなく真涼の傍《そば》に立って視界を遮《さえぎ》る。

「おい、部室行こうぜ」

ひびわれた声で真涼が言う。

「……この私が誠意を尽くしたというのに……」

「尽きるの早ぇえな、誠意」

早くも我慢の限界のようである。

ともかく、晒《さら》し者にしておくのは忍びない。半ば強引《ごういん》に背中を押して、自演乙部室まで連れて行った。

◆

「何よあのわんこわんこわんこわんこわんこわんこわんこわんこワン公」

吐き散らされる呪《のろ》いの言葉が、放課後の部室に充満する。

外はさわやかな冬晴れだというのに、寒いと活動を休止するうちのやる気なし陸上部が元気に走り回ってるというのに、夏川真涼はひたすらに暗くじめ〜っとしていた。

「まあ、千和も頑固だからねー」

と、あーちゃん。

以前と同じくノートPCを持ち込んで、風紀委員長の仕事をこなしている。その頭の中では、次期委員長の人選が進んでいるのだろう。「わざと不在を多くして、リーダーシップを誰《だれ》が取るのか試す」のだそうだ。どちらかといえば真涼がやりそうな手口だが、あーちゃんいわく、「夏川さんから学ばせてもらったわ」。そういうこともある。

「たぶん、チワワも迷ってる」

ずずっ、と湯呑《ゆの》みのお茶をすすり、ヒメが言った。今日は真那《まな》とリス子はお休み。一年生だけ、放課後の校舎クリーン作戦に狩り出されている。田舎《いなか》の学校あるある。「なんでアタシが掃除⁉︎ ありえないんですけど。この学校そのものをクリンクリンしてあげちゃう？」と、豚は鳴いていた。くりんくりん。

「迷ってるってどういう意味だ、ヒメ」

「振り上げた拳《こぶし》の下ろしどころ。わたしとマスターが許した以上、このままだとチワワだけ仲間外れになってしまう」

「ちょっと待ってよヒメちゃん。私は許したわけじゃないわよ！」

ビシッ、とあーちゃんが弟子を指差す。

「夏川さんがタッくんのこと好きだって認めるまで、許さないんだから。それを見届ける必要があって、復帰することにしただけよ！」

「マスターも、頑固」

「頑固じゃなーい！　ヒメちゃんえいっ！」

「痛い」

じゃれあうヒメとあーちゃんをよそに、真涼はまだブツブツ言っている。

「なんだか、だんだん腹が立ってきたわ」

「あん？」

「確かに偽彼氏の件は私が悪い。認めましょう。恋愛的にはともかく、道義的にはあやまちを犯した。認めましょう。――しかし、では春咲さんはまったくの正義、悪いことなど何もしていないというのですか？　私に対してアンフェアな部分はひとつもないと？」

あーちゃんは怪訝《けげん》な顔をする。

「千和が夏川さんを騙《だま》したことがあるっていうの？　そんなことある？　タッくん」

「いや、思い当たらないが……」

そもそも千和は、嘘《うそ》とかつけるようなタイプじゃない。

ところが、ヒメは意見を異《こと》にするようである。

「わたしは会長の言うことが少しわかる。チワワは、自分が〝特別〟であることを、理解してない」

俺を含む三人の眉《まゆ》が、一斉にひそめられた。

「どういう意味ですか？　特別って」

「チワワは、ずっとエイタと一緒に居た。わたしたちは、そうじゃない」

もう一度お茶をすすってから、ヒメは語り出した。

「たとえばマスターは、このハネ高入学でエイタと再会した。そのあいだはずっと離ればなれで、エイタが好きでも告白できなかった。県外にいて、付き合うことは不可能」

「そうよ、その通りよ！」

身を乗りださんばかりの勢いで、あーちゃんは頷《うなず》く。

「わたしも同様。前世の記憶が目覚めたのは、およそ二年前の六月、ポイントEKMEでの戦いを目撃してから。それまでは邪竜族《ワイバーン》によってずっと記憶を封印されていたから、やっぱり、エイタと付き合うことは不可能」

うおおポイントEKME。なつけー。ちなみに「EKiMaE《駅前》」の意である。

「だから、わたしとマスターが会長に先を越されてしまうのは、時間軸的に覆《くつがえ》せない」

「冬海《ふゆうみ》さんは可能だったのでは？　私が鋭太《えいた》を捕獲したのは五月ですから、四月に名乗り出て告白していれば」

捕獲って言うな。

あーちゃんはぶんぶん首を振り、

「いやいや無理だって！　だってタッくん、幼稚園いっしょだった私のことすっかり忘れてたのよ⁉　しかも四六時中千和がべったりくっついてるし！　こんな状態で名乗り出るの、難易度高すぎよ！」

ごもっともな理屈である。忘れててゴメンよ。

「ゆえに、偽彼氏の件について、一番怒る権利があるのはわたしとマスター。——だけど、チワワは違う。チワワはずっとエイタのそばにいた。わたしやマスターと違って、告白しようと思えば小学生や中学生のときにいつでもできた。だけど、しなかった。だからエイタと付き合えなかった。もし告白していれば、会長は別の誰かを偽彼氏に選ぶしかなかったはず」

その通り、と真涼は頷く。いやあそうかな？　お前だったら仮に俺が千和と付き合ってても横取りしてきそうだけど。

ともあれ、重要なのはそこではない。

「つまり。チワワなら、防げた。〝偽彼氏計画〟を」

ヒメが言う、その点なのである。

「なるほど、ね」

あーちゃんが頷いた。

話にのめり込み、PCを叩《たた》く手が止まっている。

「もし千和がもっと早くに勇気を出してコクッてれば、偽彼氏も乙女《おとめ》の会も生まれなかった、タックんハーレムも生まれなかったってことね」

「いや、コクられてもOKしたとは限らないけどな」

俺は千和のことをそういう目で見たことはずっとなかった。それがわかってたから、千和も告白できなかったんだろう。

「よく、わかりました」

真涼が顔を上げた。

その瞳《ひとみ》にはもう、じめっとした苦悩の陰は見えない。

代わりに見えるのは……ちろちろと赤く燃える、怒りの炎であった。

「なんだか、頭にきたわ」

ゆらり、と立ち上がる。

「この私が自らの過《あやま》ちを懺悔《ざんげ》したというのに、春咲さんは、あの暴食チワワは、自分がどれほど恵まれてるかも知らないで。もっとも怒る権利がある秋篠《あきしの》さんと冬海さんが許してくれたのに、あのワン公だけがッ！」

「だから許してないってば！」

あーちゃんが言うが、おかまいなしである。

「ようするに春咲さんは、鋭太は自分のものであると思い上がっていたということでしょう？　鋭太と結ばれて当たり前って思っていたわけでしょう？　もしかしたら、今も。それはつまり──幼なじみという『既得権益』にあぐらをかいてるだけじゃない！　既得権益。それ即ち私の敵！　打倒すべき〝悪〟ッ！」

「き、きとくけんえき？」

幼なじみが、既得権益……。

斬新すぎる考え方だ。

ラブコメの王道要素・幼なじみに「既得権益」って名付けたの、たぶんお前が初めてだよ。

でも、まぁ。

「夏川さんらしい考え方よね」

「同意。とても、会長らしい」

くすっとあーちゃんが笑うと、ヒメもくすくす笑い出す。俺も自然と頬がゆるんでしまう。

こんな部室の雰囲気、ひさしぶりだった。

ひとり真涼だけが怒りを燃やし、拳を突き上げて叫ぶ。

「さあ、みなさんご一緒に。幼なじみを、ぶっこわーーーーす!!」

いや、やらないけどな!

◆

その日の夜のことである。

一人で夕食をすませて後片付けをしていると、隣の庭からえいっ、やあっ、という声が聞こえてきた。それに混じって聞こえる、竹刀《しない》が風を切る音。千和が素振《すぶ》りをしているのだ。

どのくらいぶりだろう……。

中三の春までは、それこそ毎日欠かさず聞こえていた音だ。

高校生になってからは、ごくたまにしか聞こえなくなっていた。

庭に出られる窓を開けると、低い垣根の向こうで千和がこちらを向くのが見えた。冷たい夜気が肌を刺すなか、千和は頰を火照《ほて》らせて汗まで流している。

「ごめんえーくん。うるさかった?」

「いや、全然。……どうしたんだ? 素振りなんてひさしぶりじゃないか」

物干《ものほ》し竿《ざお》にかけていたタオルで汗をぬぐい、千和はひさしぶりの笑顔を見せた。

「みかんさんに頼まれたんだ。三月の復刊イベントで、剣道の技を披露してくれないかって。あの人、ちゃーんとあたしたちモデルのことリサーチしてるんだよ」

「へえ……」

ナイスな提案だと思った。

主治医のアフロ先生曰《いわ》く、千和の身体はほぼ回復している。何もかも元通りではないにせよ、技の披露程度なら問題はないだろう。

こういう形で千和の剣道復帰が叶《かな》うのなら、喜ばしい限り。

特技が剣道っていう読者モデルなんて、ちょっと素敵じゃないか。

「それで、今から勘を取り戻そうってわけか」

「そうそう！　もう超身体なまっててさぁ。やっぱ竹刀は嘘つかないね。音でわかるもん」

ひゅっ、と千和は竹刀を振ってみせる。俺には十分、気持ちの良い音に聞こえる。

「じゃあ、イベントには出てくれるんだな」

「……うーん……」

千和は目を伏せて、しばらく沈黙した。

「……ねえ、えーくん。あたしのこと、心が狭い女の子だって思う？」

どきりとした。

まさか、今日の部室の話を聞いていたわけではないだろうけれど。

「わかってるの。そもそも、あたしがえーくんにもっと早くにコクってたら、彼氏彼女になれてたら、夏川の偽彼氏にされちゃうことなんかなかったんだから。それを棚《たな》に上げて、夏川ばっかり責めるのは、なんか違うよね」

「…………」

俺は幼なじみを甘く見ていた。

千和のこと、どこか甘く見ていたのかもしれない。

千和は、放課後にヒメが指摘したことなんて、ちゃんとわかってたんだ。

「ただ さあ、わかってても、できないことってあるよね」

冬の星座が闊歩《かっぽ》する夜空を見上げ、千和は白いため息を吐き出す。

「夏川が相手だと、どうしても譲りたくなくなっちゃうの。もし相手が別の子だったら素直に認められることでも、夏川だとなんかムキになっちゃう。ゼッタイあたしからは折れるもんかって」

「それは、真涼がお前のライバルだから？」

その問いに、千和は答えなかった。別のことを口にした。

「実はさ、さっきヒメっちからメールもらったんだ。『会長を許してあげて欲しい』って。愛衣《あい》からもね。『偽彼氏のこと告白するのは、すごく勇気がいったはずよ』だって」

「……そっか……」

じわりと涙が出そうになって、俺はあわてて夜空を見上げた。

ヒメと、あーちゃん。

あのふたり、本当に。

本当に、いいやつらだな……。

「ヒメっちはこうも言ってた。『会長は、チワワが思ってるほど強くない』だって」

「それは、そうだと思うぞ。今日お前にスルーされて、結構落ち込んでたし」

あの怒りは、その反動であろう。

「強くない、かあ」

千和は小さく首を振った。

「たぶんね、たぶんだけど、あたしは夏川に『強いひと』でいて欲しいんだと思う。ふつーの女の子みたいなこと、言って欲しくないの」

「なんで？」

「だって、夏川はえーくんを彼氏にしちゃったヤツだもん。そんなことができたのは、夏川だけ。だから、それは脅迫《きょうはく》したからだって聞いて本当にガッカリした。だけどよくよく考えたら、やっぱり、とんでもないよね。だってあたしがもしえーくんの弱みを握れても、そんなことできないもん」

「されてたまるか！」

そうだね、と千和は笑った。

「だから——あたしにとって、やっぱ永遠のライバルなんだよ」

なるほど。

そうやって、つながるのか。

千和はずっと、剣の道を捨てざるをえなくなってから、ずっと——「夢中になれること」を探していた。剣道の代わりになるものを求めて、一年生のころは迷走を繰り返していた。

そんな千和に新たな「道」を指し示したのは、真涼だったのだ。

モテカワになるという道。

恋仇《こいがたき》を倒すという道。

真涼自身が、千和の「道」となったのだ。

「じゃあ、真涼が強くなれば、戻ってくるか？　前回のイベントみたいな醜態《しゅうたい》じゃなくて、びしっとしたところを見せたら、部活に戻ってきてくれるか？」

「それは——」

千和が答えようとした、そのときである。

物干し竿とブロック塀を隔《へだ》てた玄関のほうで、人の気配がした。

冴子《さえこ》さんが帰ってきたのかと思ったが、だったら話し声を聞いて庭から入ってくるはず。だが気配は玄関前で立ち止まったまま。インターホンも押さず、何か躊躇《ちゅうちょ》するように動かない。

「どちらさまですか？」

回覧板か何かだろうと、軽く声をかけた。

返ってきたのは、澄んだ声だった。

「夜分に突然申し訳ありません。行徳寺《ぎょうとくじ》です。真涼の母の、行徳寺ソフィアです」


思わず千和と顔を見合わせた。

「はい、季堂《きどう》です。庭にいます」

声をかけると、垣根の切れ目から銀髪の美女が姿を現した。

憂《うれ》いを帯びたその美貌《びぼう》は、夜目にも疲れ切っているのがわかった。イベントのとき会場で見かけたときは元気そうだったのに、今は頬もやつれて、見るからに生気を失っていた。

「おひさしぶりです。季堂さん」

深くお辞儀をすると、玄関の電灯に照らされた銀髪がきらきらと輝いた。

「ご迷惑をおかけして申し訳ありません。ぜひ、相談に乗っていただきたいことがあるのです。真涼について――。もう、あなたしか頼れる人がいないのです」

◆

ともかくリビングに通した。

ソファに座ってもらってお茶を出し、俺と千和は対面に座る。

三本の湯気を通して見るソフィアさんの顔は、やっぱり綺麗《きれい》だった。美形にありがちな冷たさもなく、柔らかな美貌が季堂家のリビングを穏《おだ》やかに照らし出している。「夏川が性格良かったら、こんな感じなのかな」とは、千和の弁。俺と同じ感想を抱いたようだ。

「真涼は、あまり良い性格ではありませんか？」

しっかりと聞こえてしまっていたようで、千和はあわてて口を両手で塞《ふさ》ぐ。

ソフィアさんは苦笑して、

「いいんですよ。あの子に、そんな風に軽口を叩ける友達がいることが嬉《うれ》しいです」

千和は気まずそうに顔を伏せた。

俺は咳払《せきばら》いをして、ソフィアさんに問うた。

「それで、相談っていうのはなんですか？」

ソフィアさんは物憂《ものう》げな顔を俺のほうに向けた。

「実は今、真涼のマンションに行ってきた帰りなのです」

「！　……会えたんですか？」

「いいえ。エントランスでチャイムを鳴らしただけ。無反応でした。窓の明かりはついてましたから、不在ではないと思います」

「……そうですか」

想像してしまう。

ひとりのマンションで、ウイダーインゼリーの空《あ》き箱に囲まれた真涼が、膝《ひざ》を抱えている。

チャイムが鳴るたびに、肩を震わせてうつむく。

会いたくてたまらないはずなのに。

ずっと待ち焦《まこ》がれていたはずの母親に、合わせる顔がない――。

「今年に入ってから二度、あの子と連絡を取ろうとしました。私が懇意《こんい》にしている夏川家の使用人を通じて」

「真涼は、なんて？」

「『会いたくない』と。ただそれだけ。私とは言葉すらかわしたくないようです。当然、ですね」

整った眉が曇り、艶《つや》やかな唇がため息をつく。

「俺が悪いんです。俺が、真涼と会えるタイミングを見て連絡するって言っていたのに。結局ずるずると先延ばしするばかりで」

真涼に謝ったことを、ソフィアさんにも謝った。

「季堂さんに罪はありませんよ。実際、大変だったと聞きます。あの子の父親から聞きました」

かつて「燃えるように愛しあった」という男の名前を、ソフィアさんは呼ばなかった。

「クリスマスの直前、あの人から、連絡があったのです。真涼が学生だてらにビジネスのまねごとをしているから、見に来ないかと。最初は断ろうかと思いました。季堂さんとの約束がありますし、そんな大事なときに私が邪魔になってはいけないと。ですが、やはり、ひと目見たいという誘惑には勝てなくて。あの人からもらったチケットで中に入り、最前列の関係者エリアで真涼を見ました。そっと後ろで見守れば良かったのに」

「近くで見なくてどうするんですか。真涼の晴れ舞台じゃないですか」

高校生の俺でも、その気持ちは容易に想像がつく。

ずっと生き別れだった娘が、巨大なイベントを仕切り、その最後を飾る挨拶《あいさつ》をする。見たくない親なんているだろうか。

「いいえ。見るべきではなかったのです」

唇を引き結び、娘と同じ銀髪を左右に振った。

「その結果、真涼はメンタルを崩してあんなことに……。私はただ、邪魔をしにきただけ。もうこのまま二度と会わないのが、正解なのはわかっています。でも、どうしても、謝りたくて、ひとこと、謝りたくって……」

「それで、会いに行ったんですね」

ハンカチで目元を押さえながら、ソフィアさんは頷いた。

「実は私、十一月の学園祭にも行ったのです。もしかしたら、真涼の顔だけでも見られるかもしれないと思って」

「……そうだったんですか」

いつぞや、あーちゃんが言っていた「真涼の姉さん」の正体は、母親だったわけだ。

「未練《みれん》、ですよね。あなたに任せると言っておきながら、のこのこと出かけていくのですから。我ながら、情けない母親だと思います」

静寂のリビングに、細いすすり泣く声が響く。

「きっと、真涼は怖いんですよ。あなたに会って、自分が自分じゃなくなるのが」

言葉を選びながら、俺は告げた。

「真涼は、本当は強いやつなんです。俺が知ってる誰よりも強くて、あの怖い父親にも立ち向かおうとしてる。だけど、お母さんのことになると、どうしても駄目になってしまって……」

そこで俺は、言葉を見失った。

どう言えばいいんだ？

どう言えば、どんな言葉なら、この親子の仲を取り戻せる？

それとも、取り戻そうなんて思うのが間違いなのか？　このまま二度と会わないほうがいいのか？　そんな……。

「あの、ひとついいですか?」

重い沈黙のなかに、千和の声が響いた。

話のあいだじゅう、ずうっと聞くばかりだった千和が、意を決したようにソフィアさんを見つめる。

「お母さんは、今も、夏川のこと——娘さんのことを愛してるんですよね?」

その質問はいかにも千和らしく、単純かつ明快であった。

聞くまでもないことだろう、と俺は思った。

その通り、ソフィアさんは頷いた。

「もちろんです。だから会いに行ったんです。あの子の元を去ったのも、あの子のためを思ってのこと。再婚した今でも、真涼が私の娘であることに変わりありません」

その言葉は力強く、迷いがなかった。

「じゃあ、なーんにも問題ないですよ!!」

と。

千和は、にっこりと笑った。

　ひさしぶりに見る、屈託《くったく》のない、いつもの笑顔である。

「夏川がお母さんを見ただけであんな風になっちゃうのって、裏返せばそれだけ会いたかったたってことでしょ？　お母さんの存在が今でも大切ってことでしょ？」

「それは、そうかもしれませんが……」

「んで、お母さんも夏川が大切なわけでしょ？」

「は、はい、もちろん」

　敬語を使うのも忘れてまくしたてる千和に気圧《けお》され、ソフィアさんは目を白黒させる。

「だったら、後は夏川だけじゃん！　夏川が素直になって『お母さん会いたいです』ってなれば、万事丸く収まるじゃん！　ねっ、えーくん？」

「お、おう」

　勢いで頷いてしまった。

「けど、真涼を素直にさせるなんて、それこそ至難の業《わざ》だぞ。少なくとも俺には思いつかない」

「あたしが説得するよ！」

　千和は立ち上がった。

「いつまでも逃げ回ってるなんて、夏川らしくないもん！　あたしが説得して、必ずお母さんと会わせてみせる!!」

　ぽかん、と。

ソフィアさんは口を大きく開けて――この美人さんの人生で、人前でこんなあんぐりと見事な大口を開けたことなんてなかったんじゃなかろうか――やる気をみなぎらせる千和を、ただただ見上げている。

俺はただただ、呆《あき》れるばかり。

それから、だんだん笑いがこみ上げてきた。堪《こら》えるのに苦労した。

ああ、千和よ。

我が幼なじみ。

まあ、今は黙っておくけどさ。

お前、真涼とケンカしてたんじゃなかったっけ?

クラス	異界
レアリティ	SSR
	場に出た時、自分の本体を5回復。 自分の場に、デッキから【屁理屈戦士・ガリベン】を1体出し、変化させる。
【コスト１の呪文として使った時】	自分と相手の手札を1枚、ランダムに消滅させる。自分はカードを1枚引く。
【変化時効果】	相手のユニットに1ダメージ。これをランダムに7回行う。 その後、相手のターン終了まで【陰伏】を持つ。

#10 俺の彼女と幼なじみが修羅場すぎる（物理）

夏川家《なつかわ》のお家騒動と、自演乙《じえんおつ》の内部抗争が交わる中――。

パチレモン復活に向けた動きもまた、着々と進んでいる。

もはや偽檸檬《にせれもん》出版社だけでなく、多くの企業を巻き込んだ事業となっている。プロデューサーの真涼《ますず》がフヌケていようと、今さら止まれないし止まらない。水木《みずき》みかん編集長が中心となり、三月三日の「復活祭」に向けてモテカワ雑誌は突き進んでいる。

東京《とうきょう》と羽根《はね》ノ山《やま》市を行ったり来たり、文字通り走り回っている冴子《さえこ》さんから伝え聞くところによると、全国書店からの反応は上々らしい。書店員にも往年のパチレモンファンがいてくれて、彼女たちが店に入荷をかけ合ってくれているのだ。

ヒメのブヒルデ様人気も、あいかわらず高い。

先日のイベントで撮影された動画は、またもやべらぼうな再生数を記録した。ただ、前回の動画に比べると二割ほど落ちている。「ブームとしては一段落したかな」と、冴子さん。編集部としては、ヒメだけに頼るのではなく、他のモデルにも人気が出て欲しいところだろう。そのために、千和《ちわ》に剣道の披露を頼んだのだろうし。

それから、真涼がもっとも重要視していた「アルカナ・ドラゴンズ」とのコラボ。

ヒメを公認コスプレイヤーにするという俊英社《しゅんえいしゃ》との話は「いったん保留」にされたらしい。

真涼のアレが原因――というわけではないのだろうが、「高校生がプロデューサーなんて大丈夫か？　って思われたのは事実だろうね」と冴子さん。「三月のイベントに、また俊英社の人が視察に来るから、それが最後のチャンスかな」。

一般の読者にも、あの失敗の影響は少なからずあった。ＳＮＳに「最後はちょっとがっかりした」「高校生がプロデューサーなんて心配」みたいなことが書き込まれていたらしい。もし、次も同じ過《あやま》ちを犯せば、今度こそ見放されるだろう。

そのラストチャンスをものにできるか、否《いな》か――。

すべては、真涼の復活にかかっている。

◆

三月三日のひな祭りに、イベント本番がある。

それに先駆けた二月後半のある休日、イベントの簡易リハーサルが行われることになった。

会場は、駅から徒歩十分ほど離れた市民体育館――の、隣にある小さな武道館である。

次回も会場となる羽根ノ山産業会館と比べると小さなハコだが、今日はプログラム進行を確認するくらいだから、それで事足りるのだそうだ。衣装も着替えないから、真涼もヒメもあーちゃんもいつもの私服である。

ところが、千和だけは——。

「なんで、そんな気合い入ってるんだ？」

更衣室から出てきた幼なじみに、思わず聞いてしまった。

千和が身につけているのは白い道着に白い袴《はかま》。竹刀《しない》を持って凛《りん》と立つその姿は、まさに美少女剣士である。

「私がお願いしたです」

と、みかん編集長。さっそく、千和の姿をぱしゃぱしゃ撮っている。

「イベントの宣伝として『爆食モデル・チワワさんには、こんな一面もあるんです！』っつー特集を組もうかと思いまして」

「千和って、あんまり人気なかったんじゃ？」

「いえいえそれが！　前回のイベントで爆食を披露して以来、チワワさんへの『いいネ！』が結構増えてきてまして、その火に油を注《そそ》いでしまおうっていうわけですよ」

千和は板張りの床の感触を確かめるように、何度も裸足《はだし》で踏みしめた。

「中三の春大以来かなあ。ここ」

高い天井《てんじょう》を見上げて、目を細める。まだ三年前くらいのことなのに、千和はもっと昔のことのように感じているのかもしれない。

「ところで、剣道の何をやるんですか？　まさか試合じゃないですよね？」

主治医の太鼓判《たいこばん》があるとはいえ、千和の身体が少し心配である。

みかんさんは首を振った。

「ルールもわからない観客が試合を見てもつまらないですし、だいいち相手がいないです。チワワさんには、素人目《しろうとめ》にもわかるその華麗な剣技を披露してもらうです」

「はあ。エア剣道？　それとも案山子《かかし》でも立てるんですか？」

すると、千和が俺の肩をぽんと叩き、いい顔で笑った。

「よろしく頼むよ！　えーくんっ！」

「はあ⁉」

ハメられた。

リハーサルなのにわざわざ俺氏が呼ばれたのは、そういう魂胆《こんたん》かよ。

千和に手伝ってもらって、防具を身につけた。ハネ高剣道部から借りてきたものらしい。面に胴に小手、全部つけるとけっこうな重さがある。

「言っちゃ悪いが、なんていうか、その」

「臭いでしょ？」

「……うん……」

剣道の防具が臭《にお》うというのはよく聞く話だが、体感すると確かにきつい。例えるなら、洗ってない雑巾《ぞうきん》を牛乳に浸《ひた》してから、日陰で一日放置しましたみたいな。

「心をこめてお手入れしてたら、そんなことないんだけどね～」

それでもちょっとニオウけどっ、と千和は笑って付け加えた。

会場の中央で、千和と向かい合った。

千和は上段の構え。俺は構えなんかわからないので、とりあえず一番得意な「牙突《がとつ》」の構えをしてみた。得意っていうか、散々マネしてたからってだけだが。

「タッくん、かっこいいわよー」

「エイタ、その構えはまさかっ！　いけないその技を使っては！」

面白《おもしろ》がって応援するあーちゃんと、律儀《りちぎ》に中2病を発症してくれるヒメ。

いっぽう真涼は、二人から距離を置いて、壁に寄りかかって見物している。その目は冷ややかである。今日は一度も千和と会話していない。

それにしても。

……不思議だ。

こうして向かい合うと、小さな千和が大きく見える。

「っ、めぇぇぇぇぇぇぇぇぇぇぇぇぇぇん！」

声が放たれた。

ぱぁんという乾いた音とともに、俺の視界が揺れた。

千和の右足がすっと滑るように前に出たところまでは、見えた。

次の瞬間にはもう、目の前に竹刀が迫ってきていた。

かわそう、なんて思う暇もない。

「…………」

ヒメもあーちゃんも、ぽかんと口を開けている。

斜に構えて見ていた真涼も、目を大きく何度も瞬《またた》かせている。

「すげえな、春咲《はるさき》二段」

「ふっふーん、見直した？」

千和はくるっと向きを変えて、今度は中段の構えを取る。

「っ、どぉおおおおおおおおおおう！」

防ぐ暇もなく、胴をしたたかに打たれ、

「こてえっっ！」

かと思えば、次は右手を打ち据えられて竹刀を床に落としてしまった。

ともかく速い。

速すぎる。

俺が小五のとき裏山で磨き上げた牙突を繰り出す暇もない。

「いやー、すごいっ、これは動画ウケばっちりですよ！　今度のイベントのトリにしてもいいくらいです！」

みかんさん、ご満悦である。

周りのスタッフたちも驚きを隠そうとせず、乙女《おとめ》四人の中でもっとも小粒の千和が見せた圧倒的運動センスに見とれている。

ところが。

「ん～～～……」

当の本人、千和だけが何やら不満げであった。

しきりに首を捻《ひね》りながら、うなっている。

「なんか、えーくん相手だと勘が鈍《にぶ》るなあ」

「別に誰《だれ》だっていいじゃねえか。突っ立ってるだけなんだから」

「いやー、身長とか体格とか、打ちやすいタイプってあるんだよねー」

そういうものなのだろうか。

千和は見物人たちをざっと見渡した。みかんさん、あーちゃん、ヒメの順で見ていって、最後は真涼に視線を固定した。

「ね、夏川。ちょっと代わりに相手してくれない？」

「はあ？」

真涼は壁から背中を放し、怪訝《けげん》な顔を浮かべた。

「なぜ、私がそんなことを?」

「夏川くらいの体格が一番やりやすいんだよね。パチレモンのためにさ、お願いっ」

そういう風に言われると、真涼の立場では断れない。みかんさんたちの手前もある。

俺の代わりに防具をつけて、千和と対峙《たいじ》することになった。

「どう構えればいいんです?」

「てきとーでいいよてきとーで」

真涼はとりあえずという態《てい》で「銀の戦車《シルバーチャリオッツ》」の真似《まね》をしたポーズを取った。それじゃフェンシングだよ。

千和も再び上段の構えを取る。

俺のときとはまったく別種の、重苦しい緊張感が二人のあいだに流れる。

みかんさんが、唾《つば》を呑《の》み込《こ》む音が聞こえた。

あーちゃんとヒメが、不安げなまなざしで千和を注視している。

千和の表情が別人のように張りつめている。

「ねえ夏川」

「……なんでしょう」

「こないだ、あんたのお母さんに会って話したよ」

真涼にとっては、驚きだったに違いない。

だが、表情には出さなかった。先日の後悔もあったのだろう。面の向こう側に見える美貌《びぼう》は、平坦《へいたん》なままだった。

「それが、何か？」

「弱虫」

「……は？」

次の瞬間、

「ツキャアアアアアアアアアオオオオオオオオオオオォォォォォォォォオオッッッ！」

気合いの声、いや、「叫び」が武道館に響き渡った。

ほぼ同時に響く、竹刀が面を打つ音。

動画を撮ろうと近づいていたみかんさんが、カメラを取り落とす。

ヒメとあーちゃんは、耳を塞《ふさ》ぐポーズのまま固まっている。

さっきまでの掛け声とは次元が違う。面とか胴とか小手とか、いちいち言わない。そりゃそうだ。必殺技の名前を叫ぶのは漫画の中だけの話。本当の真剣勝負は、リアルは、こんな何言ってるかわからない心からの「叫び」が響き合うのだ。

気がつけば、千和は真涼の背後に回っていた。

真涼は棒立《ぼうだ》ちである。

自分が面を打たれたことにも、気づいていないのではないか。

竹刀の音の残響があるなかで、千和は言った。

「いっつもえばってくるくせに、お母さんからはコソコソ逃げ回るんだね」

真涼が振り返る。

その目の奥に、怒りがある。

「なぜ、あなたにそんなことを言われなきゃならないの？」

「ママが怖いの？　子供じゃん。ガキじゃん」

「この――」


「ンキャアアアアアオオオオオラアアアアアアアアァァァァァァッッッッッッ！」

言い返そうとした真涼の声は、またも響く叫びの前にかき消される。

今度は胴を抜かれた。

どうやって叩《たた》いたのか見えないくらい速い。

あっ動いた、と思ったらもう竹刀の音がして、打った、と気づいたら千和はもう視界にいない。

そんな一連の動きだった。

「これ、撮れてないかもですね」

みかんさんが手元のカメラを見ながらぼやいている。

「予算ケチらず、プロを連れてくるべきだったです。このカメラと私じゃ無理です」

千和にもう少し加減しろと言えればいいのだが、とてもそんな雰囲気ではない。

「えらそうなこと、を、言ってるけれど」

肩で息をしながら、真涼は言った。

動いている千和は平然としている。

「あなたこそ、弱虫じゃない。春咲さん」

「は？　なんで？」

「あなたはずっと鋭太《えいた》に告白できなかった。ずっと好きだったくせに言えなかった。ずいぶん私に腹を立てているようだけれど、それは勇気を出せなかった自分への苛立《いらだ》ち、その裏返しでしょう？」

今度は千和が黙る番だった。

「あなたは、鋭太を彼氏にするために、脅迫《きょうはく》できるの？」

「するわけないじゃん。そんな卑怯《ひきょう》な手を使って付き合って、何が楽しいの？」

「するかしないかじゃなくて、できるかって聞いてるのよ」

千和はぐっと唇をかみしめた。

「恋は戦いよ春咲さん。卑怯でもなんでも、勝てばよかろうなのよ。違う？　あなたはずーっと、幼なじみという座にあぐらをかいていた。その既得権益を侵されたから怒ってるだけなのよ。違う？」

「違う！」

「違わない！」

今度は真涼が仕掛けた。

その魂にポルナレフが乗り移ったかのように刺す！　……と見せかけて竹刀を槍のように投擲《とうてき》する。意表をつかれた千和は、竹刀を叩き落とすので精一杯だ。

まあ、部活の試合で竹刀をぶん投げてくるやつはいなかったろうからなあ……。

「嘘《うそ》つきはあなたのほうよっ！」

獲物を失ってどうするのかと思えば、真涼は、面を脱いで打撃道具へと変えた。両手で持って千和の頭上へと振り下ろす！　……まあ、非力な真涼さん。面の重さに負けたへろへろ打撃である。両手を交差させた千和にあっさり防御された。しかし、おかげで竹刀は床に落ちる。

「開き直ったな、このッ！」

千和の右足前蹴りが、真涼の胴を突き飛ばす。防具に阻《はば》まれて痛みはないものの、後方に吹っ飛ばすには十分なキック力だ。

はあ、はあ。

ぜえ、ぜえ。

もはや、お互いが息を切らしている。

「あわ、あわわわ……」

お互いをブチ殺さんばかりの殺気でにらみあう二人を見比べ、みかんさんがあわてている。

「とっ、止めなくていいんですか季堂《きどう》氏⁉　めっちゃ修羅場ってますけど⁉」

「いやあ、……まあ、いいんじゃないっすかね？」

これはもう剣道ではない。

お互いに竹刀を持ったままであれば、千和の圧勝。一方的虐殺は止めなくてはならない。

だが、これはもう――。

「子供のケンカよね～」

苦笑するあーちゃんがうまく表現してくれた。

隣では、ヒメがウンウン頷《うなず》いている。

「チワワの拳《こぶし》の下ろしどころ、ようやく見つかった」

その言葉通り、千和が殴りかかった。

真涼に両手の篭手《こて》でガードされたが、全体重をかけたパンチである。

支えきれず、二人はもつれるようにして床に転がる。

「だったら認めなさいよ！　えーくんのことが好きだってみとめろおおおっっっ!!」

「誰が認めてやるもんですか！　あんなガリ勉屁理屈《へりくつ》野郎を好きだっていうくらいなら死んだほうがマシよ！」

「ガリ勉いうなー！　えーくんはかっこいいもん！」

「ならさっさとコクれば良かったじゃないこの意気地《いくじ》無し!!」

「コクろうとしてたらあんたが邪魔したのよおおおおおおお!!」

「ぜーーーーーーったい無理ッ！　私がいなかったら百年経《た》っても告白できたかどうかッ！　むしろ私に感謝しなさいこのマヌケ！」

「誰がするかこのバカ！　ばぁーーーーーーーーーーーーーーーーーーーーーーか!!」


神聖な武道館の床を、二人してゴロゴロゴロゴロ。

叩いたりつねったり、髪引っ張ったり。

もう滅茶苦茶《めちゃくちゃ》であった。

スタッフのひとりが、みかんさんの耳元で囁《ささや》く。「このケンカも、アップロードするんですか？」。みかんさんはアハハと笑い、それから真顔で「ゼッタイ非公開！」と念を押した。

やがて――。

「はあ、はあ、はあっ、はあああっ……」

「ぜえ、ぜえ、ぜえっ、ぜえええっ……」

二人はようやく力を使い果たし、大の字に仰向《あおむ》けになった。

西側の窓からは、いつのまにか夕陽《ゆうひ》が差し込みはじめている。

こいつら、ラブコメじゃなくて少年漫画のなかに生きてやがんなあ。

あらゆる防具を毟《むし》り取られ、汗だくになった真涼が言った。

「お母さんには、会うわ」

千和は激しく胸を上下させながら、無言でそれを聞いた。

「だけど、鋭太が好きとは認めないから」

「……だーっ、もおおおおっ」

千和が手足をじたばたさせた。もうほんと呆《あき》れた、って感じの仕草。

「もう頑固頑固、頑固すぎでしょ夏川。こんな頑固なヒトが世の中にいるんだって、ほんと、あんたに会って初めて知った」

「そう、それが私よ。あなたはとっくに、知ってたはずでしょう」

「……ま、ね」

いちはやく息を整えた千和が身体を起こした。

まだ起き上がることができない真涼に言う。

「なら、証明してよ」

「証明？」

「夏川が、夏川真涼だってこと、証明してみせて」

真涼はその蒼《あお》い瞳《ひとみ》で、千和の瞳を見つめた。

「あたしが知ってる夏川真涼は、あんなことくらいで駄目になっちゃうやつじゃない。お父さんだろうがお母さんだろうが立ち向かって、とんでもない方法でへこませちゃう。そうでしょ？」

「……」

「えーくんの〝彼女〟だったんでしょ、夏川真涼は！」

その言葉に、真涼がガバッと跳ね起きた。

「みかん編集長」

「はっ、はい⁉」

「春咲さんが出るステージの新しい演出を思いつきました。今すぐ控え室に来てください」

激闘の疲れなど感じさせない足取りで、歩き出す。

颯爽《さっそう》と去って行くその背中を、千和が眩《まぶ》しそうに見つめる。

「や、ちょ、ちょっと待ってくださいサマリバさん！　少し休まれたほうが⁉」

みかんさんがあわてて後を追う。

俺たちはただただ、それを見送るばかりで。

「これにて、一件落着？」

ヒメが呟《つぶや》いたが、俺は首を振った。

「いやいや。本当の勝負は三月三日さ」

ともあれ――。

元日から続いた一連の対決は、ひとまずの決着を見た。

ことわざウェイトレスに倣《なら》って、こんな風にメ《しめ》てみよう。

雨降って、地固まる。

#11 ひな祭りは修羅場

あっという間に三月三日である。

桃の節句《せっく》、ひな祭り。

クリスマスが恋人たちのお祭りとすれば、ひな祭りは女の子のイベント。モテカワ女子たちの味方であるパチレモンとしては、ひな祭りのほうがより重要かもしれない。

今回も、会場は羽根《はね》ノ山《やま》産業会館。

前回同様、オタクとモテカワ女子という両極端な客が、けっこうな列を作っている。オタクの数は前と変わらないが、女子は若干減っているように感じる。前回の真涼《ますず》の失敗が尾を引いているのか、どうなのか。

もし今回もしくじれば、次はない。

そんな不安も、頭をよぎった。

控え室で、すでに四人はメイクや着替えを終えていた。今回は春服である。

「どしたのえーくん？　なんか頬《ほお》がこわばってる」

顔を見るなり、千和《ちわ》に笑われた。

「エイタ、緊張してるの？」

「なんでタッくんが緊張するのよ。へんなの」

どっと笑いが起きる。いやあ、まったく面目《めんぼく》ない。みんながリラックスしているのに、俺《おれ》が暗い顔をしてどうするって話。

真涼がぱんぱんと手を叩《たた》く。

「みなさん、こんなガリ勉野郎に気を取られてないで。プログラムはしっかり頭に入ってますか？　特に春咲《はるさき》さん。あなたは今回のメインなんですから。ステージでコケたら末代《まつだい》まで笑ってあげますよ」

「コケないよ。夏川《なつかわ》じゃあるまいし」

千和は差し入れの肉まんを元気よく爆食している。右手に麻婆肉まん、左手にピザ挽《ひ》き肉《にく》まん。

「そろそろシーズンオフだから食いだめしておかないとね～」。年中シーズンのくせに。

真涼の目がぎゅっと吊《つ》り上《あ》がる。

「は？　誰《だれ》がいつコケたというのです？」

「夏川が。こないだのリハで」

「あれはこかされたんです！　バカ力の誰かさんのせいでこかされたんですぅー」

「じゃあやっぱコケてんじゃん！」

んぎぎぎ、とにらみあう二人。

なんか、入部当時に戻ったみたいだ……。

まだヒメもあーちゃんも入部する前、乙女の会はいつもこんな感じだった。

この三人で始めたのだ。

そんな懐かしい風景に浸《ひた》っていると、ドアがノックされた。顔を出したのはみかんさんだ。

「サマリバさんに、お客様が見えられています」

真涼の表情が一瞬にして張りつめた。

来客が誰なのか、告げられるまでもなく知っていたからだ。

「第二控え室にお通ししておきましたので、よろしくです」

「ありがとう編集長。すぐ行きます」

みかんさんが去った後、真涼はひとつため息をついた。

「いつかはこんな日が来るとは思っていたけれど、いざ来てみると早かったような。遅かったような」

複雑な陰影が、その美しい横顔にあった。

「子供の頃から、ずっとこの日を夢見て生きてきたはずなのに、それだけが灯火《ともしび》だったはずなのに……。今は、会うのが怖いなんてね。おかしなものよ」

自嘲《じちょう》気味にすくめられた肩を、俺はぽんと叩いた。

「怖くないよ」

「鋭太《えいた》？」

「怖くない。お前は悪の帝王だろう？　怖いことなんて、この世にあるものかよ」

千和も、ヒメも、あーちゃんも。

不安な顔をしているものは、誰ひとりいない。

むしろ、頼もしい背中を見るような目で、自分たちの「会長」を見つめている。

真涼はふっと微笑を浮かべ、俺たちを見回した。

「それじゃあ、行きましょうか」

「え？　俺たちも？」

「当然でしょう。手下であるあなたたちが、ボスの対決を見届けなくてどうするのよ」

俺たちは顔を見合わせた。互いの表情に「いいのかな？」という戸惑いが浮かんでいる。手下扱いに言いたいことはあるが、母娘の再会の場に部外者が立ち会っていいのだろうか？

先に歩き出した真涼の背中を追って、俺たちも廊下に出る。

すぐ隣のドアをノックして、真涼は運命が待つ部屋へ入っていった。

壁を背にして、ソフィアさんは佇《たたず》んでいた。

真涼の入室を認めたとき、わずかに目を見開いた。だがそれ以上のリアクションはない。駆け寄って抱きしめたり、涙を流したりしない。きっと、それを堪《こら》える準備ができていたのだ。

真涼も同じだった。ほんのかすかに、唾《つば》を飲み込むように喉《のど》が動いただけで、無言のまま、自分と同じ色の瞳《ひとみ》を見つめた。

静かな再会だった。

ソフィアさんから少し離れたところに、夏川亮爾《りょうじ》もいる。また何か茶々でも入れに来たかと、むかっ腹がたったが、その白スーツの佇まいには厳粛《げんしゅく》さが漂っていた。何か神聖な儀式でも見届けるかのような、そんな表情が端正な横顔に浮かんでいる。

沈黙が続く。

俺も、千和たちも、母娘のどちらが先に口を開くのかと固唾《かたず》を呑《の》んでいる。緊張感という重い石が両肩にのしかかり、いっそ誰か一発ギャグでもかましてくれないかなと思う。息苦しさに耐えられない。

ふと――。

ソフィアさんが膝《ひざ》を折り曲げて左足を持ち上げた。今日はパンツルックである。

左手は拳《こぶし》を作り、持ち上がった膝の上に肘《ひじ》をつけるようにする。

右手は、白いパンツのポケットに入れた。

「……?」

千和、ヒメ、あーちゃんが首を傾《かし》げる。そんな奇妙なポーズであった。

だが。

だ、だがッ！　俺は知っ、て、い、い、る……！　こ、このポ、ポ、ポーズはッ！

俺が知っているのだから、真涼が知らぬはずがない。

真涼は無表情のまま、母親と同じようにして左足を持ち上げた。左手の肘は内側に折りたたむようにして十五度くらい折り曲げ、上がった膝の前に添える。肘関節が柔らかくないとできない芸当。

完璧《かんぺき》だ。

　後は、真涼の肩に緑色のオウムだかインコだかが乗っかってたら完璧だった。当時から謎《なぞ》だっ
たあのオウム。次のページに出てくるの鳩だし。

　そう、これは──。

「ちゃんとお勉強していたようね、真涼」

「もちろんよ、お母さん」

　何年ぶりかでかわされた母娘の会話は、どこまでもジョジョジョジョしい。

　いっぽうで、親父がブツブツ言っている。「オウムがいないのが惜しいな」。お、親父ッ！　お前もまさかッ⁉

　感激の対面が一気にジョジョ色に染まる。千和たちはぽかーん、としている。ヒメはいちおうジョジョ読んでるはずだが、三部以降しかまともに読んでないから気づけまい。

「真涼」

「──ええ」

「このポーズは疲れるから、ふつうにして話しましょう」

「はい」

　すっ、と居住《いず》まいを正す二人である。なら最初からやんなや。

「真涼。あなたが私のもとを去った理由は──そのほうがあなたのためになると思ったからよ。

理由を言わなかったのは、幼いあなたには理解できないと思ったから。夏川の家の価値を理解できるようになるまで、話すのを待ったの。そして今日が、その日というわけ」

これまでの沈黙を埋めるかのように、ソフィアさんはよどみなく一気に話した。こういう理路整然とした冷静さが本来の彼女なのだろう。さっきのジョジョジョジョジョしい振る舞いといい、確かに真涼の母親だ。

真涼は皮肉っぽく唇をゆがめた。

「その代償として、私は意に添わぬ男と見合いさせられ、政略結婚させられるというわけですか？　そこの男の道具として」

ソフィアさんは首を振った。

「見合いや政略結婚がすなわち『悪』ではないのよ、真涼。むしろ、一時の熱情が冷めれば容易《たやす》く別れてしまう恋愛などより、信用できるのではないかしら」

それは以前、俺の家に来たとき語ってたのと同じ理屈であった。

「私と、亮爾は、恋愛結婚だった。互いの親の反対を押し切って、周りじゅうに迷惑をかけながら熱情的に刹那《せつな》的に結ばれて——そして、失敗した。恋が冷めた後に残ったのはむなしい残骸《ざんがい》としがらみだけ。私は未《いま》だに、母国の両親から勘当《かんどう》されたままなのよ」

——私たちは燃えるような恋をしたから失敗した。

——だから、恋愛を人生から排除する。

俺や真涼とは別の形の「恋愛アンチ」。

それが、ソフィアさんと夏川亮爾を動かす哲学であったのだ。

「ふうん、そう」

真涼は微笑《ほほえ》んだ。

母親の目をまっすぐに見た。

「自分たちがそれで失敗したから、私も失敗すると決めつけているわけね？　お母さんは」

「……」

「それって、なんだか腹立たしいわね。――ねえ？　鋭太」

いきなり話を振られて、どきりとした。

驚きを押し隠しながら、頷《うなず》いてみせる。

「甘く見られたもんだな。夏川真涼ともあろうものが。お前がそんな型にハマるやつじゃないって、うちの部員なら誰でも知ってるっていうのに」

なあ、と俺は三人を振り返った。

そこには三つの苦笑が並んでいた。

「夏川が、素直に言うこと聞くわけないじゃん」

「むしろ、逆効果」

「右を向けって言われたら、上向いて口笛吹くようなタイプよね」

打てば響くような回答である。

真涼は満足げに頷いた。

「お母さんは、子供の頃の私しか知らないでしょう？」

母は沈黙して、我が子の自信にあふれた顔を見つめる。

「『人間は成長するんだ。いや、してみせるッ』。お母さんの失敗を教訓として、学びとって吸収して――私はさらなる高みへ昇るわ。この世界すべてを支配する〝帝王〟への道をね」

その顔も台詞《せりふ》も、いつもの真涼だった。

「……そう」

小さなため息をソフィアさんは吐き出した。

「確かに、そうね。その通りだわ……。すべての始まり、ジョナサンの言葉。それを私が忘れていたなんてね」

真涼は頭を下げた。

「私にジョジョを教えてくれてありがとう。お母さん。おかげで、とっても素敵な〝彼氏〟をつかまえられたわ」

「真涼ちゃん……」

「もう大丈夫。お母さんが残してくれたジョジョと、彼と、彼女たちがいれば、私は大丈夫」

だから――。
お母さんは、幸せになって。

真涼が言い終えた瞬間、ソフィアさんの目に大粒の涙が盛り上がった。

ひとつぶ、雫《しずく》となって流れていった。

「真涼ちゃん、ありがとう。ありがとう……」

その場に膝をつき、ソフィアさんは泣き崩れた。彼女は今、「子供を捨てた」という長年の重荷から解き放たれたのだ。

真涼の顔に涙はなかった。

晴れ晴れとした笑顔があった。

「さて――」

母親を見つめていた優しげなまなざしを一転、鋭い目つきを白いスーツの男に向ける。

「あなたに言っておくわ。お父さん……いいえ、夏川亮爾」

親父は表情を変えなかった。

だが、俺は見た。

かすかにその肩が震えるのを。

期待していたのだろう。真涼が母親と抱き合い、泣き崩れるのを。

そうして弱さを剝《む》き出しにしたところで、甘い言葉を刷り込んで政略結婚へと誘導する。そんな青写真を描いていたに違いない。

だが、真涼は――。

「私が、いつまでもあなたの子供だと思わないことね。私は真涼。ただの真涼よ。夏川涼爾の娘でも、ソフィアの娘でもない。ただ一個の人間。女子高生にして美形モデルにして投資家にしてプロデューサー、サマーリバー真涼よ」

「覚えておこう。――だが」

唇の端を親父は歪《ゆが》めた。余裕を保ち、皮肉な目で真涼を見つめる。

真涼は鋭く言い放つ。

「『いつまでその威勢が続くかな』と言う」

「いつまでその威勢が……」

ハッ、として親父は口を噤《つぐ》む。やつも悟ったのだ、負けフラグを。狡猾《こうかつ》な策士の術中にある自分を、理解したのである。

「行きましょう」

両脚を揃《そろ》えてくるっ、と向きを変えた。見事なターンだった。

そのまま振り返らず、扉へと向かう。

イベントの開演が迫っているのだ。

泣き崩れる母親と、呆然《ぼうぜん》とする父親が、後に残された。
娘は。
遙《はる》か遠く、親の手の届かない彼方《かなた》へと、飛び去っていった。

#12 復活の幼なじみ、復活の"彼女"

ひな祭りイベント。

モテカワ女子たちの祭典はすさまじいボルテージを放っていた。

基本的なイベント内容は前回と同じであるが、何かが違う。どこか違う。前回も豪華だったが、今回はその豪華さに「熱」が加わっていた。

たとえば、「試着ブース」。

「ファッションショーで着ていた衣装、ぜーんぶここで試着できるわよ！　ぜひぜひ着ていって！　撮影もぜんぜんオーケーだからね！」

前回、ステージで大勝利した「アイちゃん」が、自ら呼び込みをしているのである。

古参の読者にとって、そのネームバリューは絶大であった。あーちゃんはずっと握手やら撮影やらを求められ、すごい人気である。彼女たちのあーちゃんを見る目はまさに「教祖」を見る目で、もうこの場で「大勝利教」なる宗教が設立されてしまうのではないかという勢いだ。

これは、あーちゃんが開場の土壇場《どたんば》で言い出したのだ。「ステージの出番まで、私は暇だから」といって、自ら呼び込みを買って出たのである。

「列の最後尾、こちらでーす」

「他の利用者さんの迷惑にならないようにお願いしまーす」

ひときわ長い行列の整理に対応しているのは、ハネ高の誇る風紀委員の皆さんだ。

単純に客として来たのだが、委員長の作りだした長い列を見かねて協力を買って出てくれた。

その中心となったのは、例の雪原《ゆきはら》という一年生。なかなかの手際《てぎわ》で、ヒメ目当てのオタクが「あの手際、なかなかやるでござるな」「コミケのスタッフに欲しいですなあ」などとしたり顔で論評していったくらいだ。これは次期風紀委員長、決まったかもな。

もちろん、それだけではない。

ヒメと、それから真那《まな》とリス子。

ブヒルデ様に加え、天界の黄金姫アシュバターナと森林の星霊アリアドネ。

コミケでそろい踏みした「アルカナ・ドラゴンズ」のコスプレメンバーが再集結して、ファンからの撮影に応じている。

真那とリス子はやっぱり客として来たのだが、それをヒメが説得したのである。

「会長がガチになってる以上、我々もガチになるべし」

ちっちゃな鼻の穴をぷっくりふくらませて、可愛《かわい》いったらありゃしない。さすがマイガッデス。

大女神の頼みを豚やリスが断れるわけもなく、撮影に巻き込まれたのであった。

ちなみに二人の衣装は「こんなこともあろうかと」と、冴子《さえこ》さんが準備済みだった。さすが我が叔母《おば》、まったく頼れるヒトである。この感じならまたもや収入アップ、我が家の家計にも余裕ができるというものだ。

コミケでしか見られなかった三人が再びということで、カメラの砲列《ほうれつ》が出来た。もう押すな押すなの大騒ぎ。会場に設置されたライブカメラの視聴者数は五万人を軽く超えた。またもや伝説を作ってしまったブヒルデ様である。

モテカワ女子やオタクたちに混じって、背広の男性が電話をかけている。ビジネス関連の人だろう。時折ヒメのほうに目をやりながら、熱心に話しているところを見ると、パチレモンにとって良い話がありそうだった。

前回同様、モデルとの握手会やサイン会なども盛況《せいきょう》である。ファッション関連のトークショーなんかにも結構な人だかり。前回よりもゲストが増えていて、しかも豪華である。俺《おれ》でも知ってる芸能人の名前もあった。これはもう、編集長の人脈の賜《たまもの》だろう。

「おうい、季堂《きどう》氏!!」

会場の片隅《かたすみ》で盛況っぷりを眺めていた俺を見つけて、みかんさんが歩み寄ってきた。

「いやあ、今回ヤバイですよ! 盛り上がりがハンパないです!! またもや嬉《うれ》しい悲鳴、いえもう『絶叫《ぜっきょう》』ですよ!」

興奮した様子でまくしたてる。

「前回のイベントがあんな感じで終わっちゃったんで、今回ちょーっと盛り下がるカナーって思ってたら、どうですこの笑顔、この歓声！　なんていうか、一体感が増してます‼　会場が一体になって、我が雑誌を盛り上げてくれるのが伝わるですよ‼」

「理由は、なんだと思います？」

「サマリバさんのキアイが違うです」

と、みかんさんは即答した。

「スタッフに飛ばす指示が的確で、しかも熱がこもっていて。それに応《こた》える大勝利さんやプリンさんの目も違ってて。やっぱり、プロデューサーのテンションって、スタッフにもお客さんにも伝染するんですよねえ。あらためてサマリバさん、タダモノじゃないです。例の件があって、まだまだ高校生だなあって思ってたところに、これですよ！　この前とは迫力が違って——いったいもう、何があったんです？　処女でも捨てたんですかっ？」

理由の想定がおばさんである。

「ずーっと抱えてた荷物を下ろしたんですよ。それも二つ」

ひとつは、偽彼氏のこと。

ひとつは、母親のこと。

限りなく身軽になった真涼《ますず》は、もう——自らの野望に邁進《まいしん》するのに一点の曇りもない。

「パチレモン復活、絶対上手《うま》くいきますよ」

それはもう、確信すら超えた「予言」であった。

◆

爆発《ばくはつ》的な盛り上がりを見せるイベントも、いよいよ最終局面へと差し掛かる。

今回、演目のトリを務めるのは爆食チワワこと、春咲千和《はるさきちわ》。

白の道着と袴姿《はかますがた》でステージに上がると、観客からおおっというどよめきが巻き起こった。

大食いキャラで可愛がられている読者モデル「チワワ」の見せる、別の一面。

その凛《りん》とした少女剣士の姿に、モテカワ女子たちの注目が一気に集まった。

「しっかりやれよ、千和」

舞台袖《そで》で見守る俺が、本人より緊張しているかもしれない。さっきから手に汗ばかりかいて、何度もパンツで拭《ぬぐ》った。

千和の両親が観に来ているのだ。

剣道を披露することに決まったとき、千和が自分から呼ぶと言い出した。共に新聞社に勤め、ほぼ休みなしで働いている多忙な両親に休んでもらってまで、見て欲しかったのだ。

千和の相手役がステージに上がると、観客席からどよめきが起きた。

それは、筋骨隆々とした逞《たくま》しいマッチョ男性だった。縦にも横にも長い。おそらく百九十センチ以上、百キロ以上はあるだろう。重心が低く、ずっしりとしている。業務量の大型冷蔵庫みたいな体格だった。

千和と並ぶと、本当に巨人と子供くらいの違いがある。

この相手を選んだのは真涼である。

市内で活動する小劇団から見繕《みつくろ》ってきたのだという。

防具フル装備で木刀を持った巨人と、千和は竹刀《しない》一本で正対した。

場内が水を打ったように静まりかえる。

咳払《せきばら》いするのも憚《はばか》られるような静寂のなか——


「うおおおおおおおおおおおおおおおっっ!!」


男の声が響き渡った。

見事なすり足で接近すると、上段に構えた木刀を振り下ろす！

千和は後ろに下がりながら竹刀で受け止める。

男は攻撃の手を休めない。

ひたすら打つ、打つ、打つ。

千和はその勢いに押され、下がるしかない。遙《はる》か頭上から振り下ろされる木を、竹で受け止めている。竹刀がここまで聞こえるほど軋《きし》み、千和の脳天を何度もかすめた。

「ちょっ、おいあれ⁉」

俺は振り返って叫んだ。

「あれであってるのか？　打ち合わせ通りなのか？」

俺の近くには、あーちゃんしかいない。

そのあーちゃんも、ステージに視線を釘付《くぎづ》けにしている。

「多分。あってると思う。多分」

多分、を繰り返した。あーちゃんも心配なのは、その表情を見ればわかる。

よっぽど、止めようかと思った。

後で真涼に八《や》つ裂《ざ》きにされようが、千和を助けにステージに飛び出そうかと、何度も思っては踏みとどまった。

ついに千和は、ステージの際まで追い詰められた。

パチレディからは悲鳴が、オタクどもからは無責任な歓声が起きる。

あともう一撃で、観客席へ落とされるというまさにそのとき、である。

バシュッという音とともに、ステージ上にスモークが噴き出した。千和の姿が煙に紛《まぎ》れて見えなくなる。男の首から上だけが煙の上に突き出ている。きょろきょろと見失った千和を探していた。

ステージの反対側から、ヒメが現れた。

ブリュン・サタナ・ヒルデのコスプレ姿である。

思わぬ登場にオタクたちから歓声が起きる。彼らは筋書きを理解した。なるほど。チワワのピンチにブヒルデ様が駆けつけ、敵を成敗《せいばい》してまたもその人気を上げようという演出か――と。

だが、ブヒルデ様が取った行動は違った。

右手に持っていた刀を、放り投げたのである。

スモークの中から伸びた小さな手が、その刀を受け止める。

スモークが晴れていく。

そこに立っていたのは――。


「☆6のタンポポだ！」


観客のなかのめざといオタクが、そう叫ぶ声が響いた。

薄いクリーム色の忍装束《しのびしょうぞく》に身を包んだくノ一が、そこには立っていた。あっというまの早替わりをこなした千和が、コスプレ姿で立っていたのだ。

「……なるほど、そーきたか」

この演出を聞かされてなかった俺は、唸《うな》ってしまった。

千和がコスしているキャラは、「桃栗《ももくり》タンポポ」というくノ一である。これはアルカナ・ドラゴンズのソシャゲ「アルドラ・カーニバル」にのみ登場するオリジナルキャラで、大変人気が高い。原作にも出せ、という声があるくらいである。

ちっちゃくて、なのに大食いという。

思えば千和にぴったりのキャラである。

思わぬゲストの登場に、ヒメの出番が終わって暇していたオタクたちは熱狂する。しかしいっぽうで、パチレディたちは置いてきぼりを喰《く》らった感がある。ぽかん、と、くノ一に変身したチワワのことを見つめている。

俺は心の中で叫んだ。

――度肝《どぎも》、抜いてやれ!!

「っ、はああああああああああああぁぁぁぁぁぁぁぁぁぁぁぁぁぁぁぁあっっっっっっ!!」

裂帛《れっぱく》の気合い、という言葉がある。

帛《きぬ》を引き裂くほどの、という意味である。

千和が発した「気」はまさにそれだった。

倍以上の体格差をものともせず、千和の刀が巨人の面を打ち据える。びぃぃんっ、という音が

会場に響く。打った刀と、打たれた面が共鳴するように震える、その音だった。さっき巨人が振り回した棒《ぼう》きれの音とは、ものが違う。ただ物体がぶつかり合うだけの音じゃない。そのものの「芯《しん》」にまで響く音だった。

一瞬の静寂。

その後、歓声が爆発した。

「っせい、やああああああああああああああーーーーーーーーーーーーーーっっっっっっっ‼」

続けざまに放たれる剣撃に、熱狂的な応援の声が巻き起こる。

オタクも、パチレディも、関係者さえも。

千和の躍動に、目と耳を引きつけられている。

誰《だれ》が見ても、その剣は〝別格〟だった。

一朝一夕《いっちょういっせき》で生み出せる技ではない。演技の練習で身につくようなレベルではない。

ただそれだけ、ひたすらに。

幼い頃から、剣の道をひたすらに。

ただまっすぐに歩いてきた少女だけが放てる、本物の「剣」だった。

「ごらんなさい、鋭太《えいた》」

いつのまにか、真涼が隣に立っていた。

ステージを縦横無尽《じゅうおうむじん》に駆け回り、生き生きと刀を振るう千和を指差す。

「あれが、〝本物〟よ。本物は、ただ本物であるだけで、存在するだけで、人々の心を震わせてしまう。魅了してしまうのよ」

千和を見つめるそのまなざしは、優しくて、そしてどこか切なげだった。

「せいっっっっっっっ、やああああああ――――――――――――――――っっっ！」

ひときわ大きな気合いが会場じゅうに響き渡った。

巨人を撃ち抜き、すり抜けた千和は、くるっと向きを変えて刀を構えた。

いわゆる「残心《ざんしん》」である。

剣道の残心と異なるのは、その構えが、タンポポがゲーム中に見せる決めポーズだったところか。

「手が、左右逆よ。何度も言ったのに」

真涼が駄目だししたが、まあ、その程度は良いだろう。

巨人はがっくり膝《ひざ》をつき、ステージ上に前のめりになって倒れた。演技ではあるだろうが、あれだけ打たれたら、防具があるとはいえ視界はぐるぐるではないだろうか。

ぺこっ。

観客席に向かって頭を下げた千和に、万雷《ばんらい》の拍手が巻き起こった。

その最前列、前回ソフィアさんがいたあたりのところに、千和の両親の姿があった。

頭頂部が薄くなった親父さんが、日焼けした顔をハンカチで覆《おお》っている。何度も何度もしゃくりあげ、千和のお袋さんに背中をさすってもらっている。そのお袋さんの目にも、涙があった。

空《あ》いている片方の手で、さかんにエア拍手をしていた。

「あれって、千和のご両親？」

ステージ袖からでもわかるその二人の様子を見て、あーちゃんが言った。

「ああ、そうだ」

何度も瞬《まばた》きしながら、俺は答えた。

そうしないと、俺まで泣いてしまいそうだ。

「ずっと、ずっと……。永遠に来なかった中三の夏が、いま、やってきたんだ。仕事を休んでも見に行くって、約束してた。それが、二年越しでいま、叶《かな》ったんだよ……」

◆

くノ一千和が舞台袖に戻ってきた。

銀色のドレスを纏《まと》った真涼がそれを出迎えた。これから閉会の挨拶《あいさつ》である。

真涼と目が合うと、千和はニッと白い歯を見せて笑った。

「ソフィアさん、うちのお母さんの隣にいたよ」

「余計なお世話です」

フッと真涼は笑い、これみよがしに髪をかきあげた。

「あなたのタコ踊りで冷え切ったステージを熱くしてきます」

「またドジったら、いっちばんデカイ声で笑ってやるからね！」

ばちん!!

大きな音がした。撤収作業をしていたスタッフたちが一斉に振り向く。

二人が手を叩き合わせた音だった。

「頑張れよ真涼！」

「会長に、聖竜の加護を！」

「平常心よ、夏川《なつかわ》さん！」

俺たちの声援を背に受けて、真涼は煌《きら》めくステージへと出て行った。

◆

みなさん。こんにちは。

パチレモン総合プロデューサーを務めております、夏川真涼です。

突然ですが、皆さんには夢がありますか？

私の夢は今日、二つ叶いました。

一つは、このパチレモンの復活です。
間近に迫った四月一日、新生パチレモンが全国の書店に並びます。
水木《みずき》みかん編集長はじめとする大勢のスタッフが携《たずさ》わった、愛の結晶です。

その復活を、皆さんと祝えるのがどれだけの喜びか。
長年の愛読者であるパチレディの皆さんと祝えるのがどれだけの幸せか。

高校生だてらにプロデューサーとなり、いろいろ迷いも多かった私ですが、今日は胸を張って言えます。この仕事を手がけて、本当に良かったと。

そしてもう一つ——。
まったくの私事《わたくしごと》で恐縮ですが、生き別れていた実の母親と、再会できたことです。

私はこれまで、母に会うことができませんでした。

怖かったのです。
もし会えば、今までの自分が崩れてしまうのではないか。
まったく別の自分になってしまうのではないかと、怖かったのです。

そんな私が今日、母と会うことができました。
私を支えてくれる、仲間がいたからです。

私の背中に、彼女たちの目がある限り、逃げるわけにいかない。
その想《おも》いが、私に「一歩」を踏み出させてくれました。

このパチレモンを共に作り上げてくれた、同じ高校の仲間たち。
爆食チワワさん。
ブヒルデ様こと、プリンさん。
大勝利こと、アイちゃんさん。
そしてもう一人、匿名希望のガリ勉さんも。
彼女たちのおかげで、私の夢は叶いました。

ですが――まだ。

まだ、まだ。

私の夢は終わりません。

このパチレモンを更に更に大きくします。

世界に通用する日本のモテカワファッションを、育て上げるつもりです。

さあ、皆さん。

この会場に集《つど》う、すべてのモテカワ女子たちよ。

私と共に、夢を見ましょう。

自らを演出する乙女《おとめ》として――。

この私とともに、世界を統《す》べるのです！

#13 万事めでたしなのに修羅場

かくして、パチレモン復活祭は大成功を収めた。

今回、ネットニュースの主役を飾ったのは千和《ちわ》と真涼《ますず》である。

「ブヒルデ様に続いて、タンポポも登場！　奥義・飛燕絶華《ひえんぜっか》をリアルで実演ｗｗｗ」

「アルドラ作者絶賛『ここにも本物がいた！』」

またもやオタク系ニュースサイトを騒がせたわけだが、ヒメのときと違うのは、剣道経験者のコメントが取り上げられているところである。

「油断して見てたら、まぎれもなく有段者の剣で草」

「残心までしっかり決めてるし、絶対この子どっかの大会入賞者でしょ」

千和の剣がまだまだ通用すると証明されたようで、俺《おれ》も鼻が高い。

もっとも、本人は平然としたもので、「コスプレ用の刀、本気で振るわけないじゃん」「あたしがガチったら、もっとコワイよー」とのこと。「あの衣装、可愛《かわい》いし動きやすかったなー」と、コスプレも気に入ったようなので、いずれまたタンポポ千和が見られることを期待しよう。

いっぽう、このイベントを成功させた真涼にも注目が集まった。

「話題のＪＫプロデューサー、野望は『世界進出』」

「日本発のガールズファッションを世界へ――夏川《なつかわ》グループ令嬢が語る世界戦略」


こちらは主にビジネス系のニュースサイトが取り上げた。

最後の演説でぶち上げた「世界を統べる」という言葉を、こんな感じで世間は解釈したらしい。

廃刊寸前だったパチレモンを足がかりにして、世界市場へ打って出るというのはいかにも大それた話のように思えるが、真涼ならやりかねない。

……思えば、遠くに来たもんだ。

学校の中だけで「モテまくり」だのなんだのやってたのに。

今や、世界だもんな。

ともあれ、まだ俺たちが高校生なのは変わりない。

祭りの余韻《よいん》に浸《ひた》るまもなく、俺たちは三学期期末テストに突入した。

千和やヒメ、あーちゃんまでもが大あわてで勉強するなか――普段からガリガリと教科書と良好な関係を築いてる俺氏はびくともしない。あらためてテスト勉強する必要などない。

必要な知識、解法などはすでに網羅《もうら》している。

「油断は禁物」という前提で、あえて言おう。

もう二学期の後半あたりから、学校のテストのレベルが低く感じる。こんな簡単でいいのか？と思ってしまうことさえある。医学部受験に照準を合わせた勉強を日々しているので、当然ではあるのだが。

そんなわけで、有言実行。

俺は一週間のテスト期間を、体調を崩すことなく、ベストの状態で走り抜けることができた。

医学部推薦《すいせん》の校内審査に使われるのは、二年生三学期までの成績である。

今回の期末でこれまで通り一位であれば、もう推薦は間違いない。

◆

祭りが終わり、テストが終わり——。

自演乙《じえんおつ》の部室に、「いつも通り」が戻ってきた。

「はぁ〜〜〜。あったかいねぇ〜〜〜」

千和ののんきな声が、窓から吹きこむ春風にかき混ぜられた。テーブルに並ぶコンビニ飯が、肉まん・おでんから定番のチキンに変わっている。

チキンの衣が零《こぼ》れないよう下に敷いているのは、千和が提出した「退部届」である。

千和から真涼への、一種の「絶縁状」であったはずのこの紙切れ。

置きっ放しになっていたのを千和が見つけて、なんのためらいもなくチラシみたいな使い方をしたのであった。

まあ、つまりは、そういうことなのだろう。

ヒメ率いる同人サークルは、四月のイベントに向けて鋭意《えいい》原稿執筆中。今日は一年生ズが不在なので、ヒメはひとりスケッチブックに向かい絵の練習にいそしんでいる。シャッシャッ、と軽快なペンの音を聞くのは爽快だ。

あーちゃんは、ＰＣとにらめっこしながらマニュアル作成中。四月の新・風紀委員長への引き継ぎに向けて余念《よねん》がない。

そして、真涼は──。


「決まりましたよ」


と。

部室に入ってくるなり、スマホを突きだして見せつけた。

それは、俊英社《しゅんえいしゃ》の広報担当者から届いたメールであった。ＣＣには「週刊少年ジャイブ」の編集者の名前も入っている。

夏川様

お世話になっております。俊英社広報部の斉藤です。

かねてより協議しておりました、ジャイブ公認コスプレイヤーの件。

ぜひ秋篠姫香様にお願いしたいということで、弊社の意見がまとまりました。

秋篠様には「アルドラ」のみならず、弊社コンテンツの様々なキャラクターに扮していただくことを検討中です。

また、御誌に所属されている読者モデルの皆様にも、イメージのあうキャラがいれば、ぜひお声がけしたいと考えております。

今後とも、末永くお付き合いのほど、よろしくお願い申し上げます。

読み終えるなり、千和がヒメに抱きついた。

「やったじゃんヒメっち！　ついにコーニンだよ、コーニン！」

動きづらそうにしながら、ヒメは「かたじけない」と頷《うなず》く。あいかわらず誤用であるが、可愛いから許す。

ビッグニュースのはずだが、真涼は平然としている。このくらいのことで大騒ぎしないでと言わんばかりの顔でスマホを操作し、次の画面を指差した。

「それから、この雑誌との提携も決まりました」

真涼が指差したのは、お米の国の書籍通販サイトである。当然ながらすべて英語。これは俺氏、出番である。ハネ高一の英語力を駆使してどんな雑誌なのかを、

「これっ！『QUEEN　BEE』じゃない！」

とか思ってたら、あーちゃんに先を越されてしまった。

「あら、さすが冬海《ふゆうみ》さん。ご存じでしたか」

「本当に『QUEEN　BEE』と提携できるの？　やぁんっ、大勝利じゃない!!」

ぐっ、と拳《こぶし》を握り締めるあーちゃん。ひとりで興奮している。

「盛り上がってないで、説明してくれよ」

「いわばニューヨーク版のパチレモンね。向こうのティーンエイジャーのファッションリーダー的位置づけの名門誌で、世界的にも権威があるのよ。この雑誌のモデルをやるのが、パリコレモデルへの近道って言われてるくらいだから」

ニューヨーク版のパチレモンと言われると逆にショボそうだが、俺でも知ってる「パリコレ」の名前を聞くとすごいのかなって感じ。

「そんな雑誌が、よくパチレモンと提携してくれたな?」

「そこはもう、日本のオタク文化の力ですよ」

真涼さんは事も無げである。

「向こうでも、アルドラは結構な人気らしいですからね。こないだのブヒルデ様とタンポポの動画を見せたら、ぜひ話を聞いてみたいと言われて」

こっちではコスプレにすぎなくても、向こうじゃ「クールなファッション」ということか。

「海外では、秋篠《あきしの》さんより春咲《はるさき》さんのほうがウケていたみたいですね」

「へ、あたし?」

とか首を傾《かし》げつつ、千和は牛乳一リットルパックをごきゅごきゅ飲み干した。育ち盛りか。

「動画についたコメントを見ると、英語やらフランス語やら中国語やら、なかなか幅広いですよ。そのほとんどが、タンポポの剣技に酔いしれているコメントのようですね。『オゥ、サムラーイ!』的な」

いや、ニンジャだけどな。

「あの程度、ハネ中のレギュラーなら全員できたけどなー」

ぷはっ、と。凄腕《すごうで》くノ一は偉《えら》ぶる風もない。口の周りには白いおヒゲが。赤ちゃんか。

とにも、かくにも、
真涼は、あの演説で述べたことを、着々と実行しつつある。

パチレモンを復活させ、さらに世界進出を企て、ますますプロジェクトを大きくしていくのだろう。

あの父親の支配から脱出して、自由を手にするのは、もう不可能ではない。

そんな風に思える。

あーちゃんと雑誌談義で盛り上がる真涼を横目にしながら、千和が俺に囁《ささや》いた。

「あたしさ、見直しちゃったかも。夏川のこと」

真涼を見つめるそのまなざしには、かつてない色が宿っているように見える。

「あたしたちのことも、お母さんとのことも、ケジメをつけたんだよね。なかなかの、なかなかだよね」

「背中を押したのはお前だろ」

「いやあ、そうかもだけど――」

千和は頭をかいた。

「もしあたしが夏川だったら、同じようにできたかな？　って。けっこう、ウジウジしちゃって何もできないかもって、そう思ったの。だから――すごいなあって」

真涼を見つめるまなざしに宿るのは、信頼、あるいは尊敬？

もしくは、友情？
……や、さすがにそれは言い過ぎか。
ただ、二人のあいだにあった溝が縮まったのは、間違いないと思う。
春と夏が出会った五月から、およそ二年。
二人のあいだに積もっていた雪が、ついに解けつつあるのだ。
「今の夏川とだったら、あたし、友達になれるかもしれないね」
「……そうだな」
もうとっくに友達じゃないか。
なんて、言おうと思ったけど。
その言葉は取っておこう。
幼なじみと彼女が手を取り合うというのなら、こんな嬉《うれ》しいことはない。
俺ハーレムにとっても、大いなる前進だ。
春夏秋冬のなかで、一番仲が悪かったこの二人さえ、友達になってくれれば――。

「さて、みなさん」
そんな俺の想《おも》いを、真涼の声が破った。

「パチレモンのことはこのくらいにして、今月末に迫った修学旅行での活動について話し合いましょう」

毎度おなじみの白衣を身に纏《まと》い、ホワイトボードにすらすらと書きつけた。


地主神社・恋占いの石ブッ壊し作戦について！


……。

…………。

「…………お前、まだあきらめてなかったのか？」

「なぜあきらめなければならないの？」

心底《しんそこ》不思議そうな顔で首を傾げる真涼さん。

「いや、だってお前、パチレモンのプロデューサーとして、モテカワ女子代表としてがんばりますって」

「ああ。あれはアメリカンジョークです」

「ジョーク⁉」

衝撃の事実ッ！

いやこいつが嘘《うそ》つきなのは知ってるけど！　アメリカンはどのへんだ⁉

「あれはあくまでプロデューサー・サマーリバーとしての言葉。今ここにいる私は、自らを演出する乙女《おとめ》の会会長・夏川真涼。なんら矛盾《むじゅん》はありませんよ？　ガリ勉くん？」

ドゥーユーアンダスタン？　と真涼は顎《あご》をしゃくる。なんてむかつく顔なんだ。

「いやいやいやいや。ちょっと待ちなさいよ⁉　あの石って国宝とかなんじゃないの⁉　ぶっ壊すって正気⁉」

あわてるあーちゃんの肩を、真涼は優しくぽんと叩《たた》いた。

「冬海さん。これは、モテカワのためなんです」

「ちょっと何言ってるかわからない……」

「素敵な乙女たるもの、そんなわけのわからない石っころに頼ってどうするのです？　恋はあくまで自分の力で勝ち取るもの！　違いますか？」

口ごもるあーちゃんを、わけのわからない理屈で押し切ってしまう。

「そんなアーパーギャルが作ったような石をぶっ壊すことによって、少女たちの依頼心を断ち切り！　覚醒《かくせい》を促すのです‼　決して『ぷぷぷざまあああwww　もうこれで御利益期待できませんねwww　くやしい？　ねえねえくやしい？』とか現地でやろうと思ってませんし」

とか言いながら、真涼さんの足はその場でスキップを踏む。ウキウキじゃん。

「大丈夫。いざとなれば責任は取ります。鋭太《えいた》が」

「やっぱり俺なのか……」

わかってはいたが。

「自首すれば、罪は軽くなりますよ」

「この場合は出頭だろ」

「あら、さすが。お勉強したのね？」

トレーニングジムでの経験が生きてしまった。

罰金刑とかですむのだろうか？　少年法で護《まも》られる？　万が一、実刑喰《く》らうと受験どころじゃなくなるのですが……。

「爆薬は、何を使うの？」

おいやめろヒメ。計画を具体的な方向に持っていくんじゃあないっ。

真涼は晴れ晴れとした笑顔を作り、右手に握《にぎ》り拳を作る。

「そういうわけで、さあみなさんご一緒に！　自らを演出する乙女の会が、恋占いの石を、ぶっこわーす‼」

ぶっこわーす。

……やったのは、ヒメだけである。

「ごめん、えーくん」

げっそりとした顔で、千和がまた俺に囁いた。

「やっぱ、友達。無理かも」

……ですよね！

#14 嗤ウカオルリ

自らを演出する乙女《おとめ》の会が、その絆《きずな》を深めていたそのころ――。

生徒会室に、ひとり居残っている人影があった。

遊井《あそい》カオル。

ひとり、物憂《ものう》げな顔で資料の束《たば》をめくっている。

急ぎの仕事ではない。

修学旅行関連の仕事は、もうテスト前に片付いている。

ここには「避難」しにきたのだ。

隣のクラスの女子グループから、一緒に帰ろうとしつこく誘われたので「生徒会室に用事があるから」と逃げてきたのだった。

おそらく、あの中の誰《だれ》かが、カオルに告白するつもりだったのだろう。

最近、カオルの周りにはある「噂《うわさ》」がある。


「金髪の一年生が、カオルにつきまとっている」

「〝協定〟を無視して、しつこくアプローチしている」


これまで、カオルに直接告白してくる女子は少なかった。

なにしろ、カオルはモテる。

想《おも》いを寄せる女子は後を立たない。

本来なら、一年生時の夏川真涼《なつかわますず》のように、告白の嵐《あらし》が起きてもおかしくない。

それを防いでいたのは、ひとえにカオルの「人徳」であった。

カオルは、誰にでも優しい。

男女分け隔《へだ》てなく、スクールカーストも関係なく、穏《おだ》やかに和《なご》やかに接し続けていた。

誰にでも優しいというのは、逆にいえば、誰も特別扱いしないということだ。

誰かひとりと結ばれてしまうのを避けて、全校女子の「共通の恋人」みたいなポジションに収まった。「遊井くんは、みんなのもの」「抜け駆け禁止！」という無言の協定が、女子のあいだで不文律《ふぶんりつ》となるよう仕向けたのだった。

真涼が「偽彼氏」によって、「誰かのもの」にされることを拒んだように。

カオルは、その「優しさ」によって、「みんなのもの」で居続けることを選んだのだった。

だが――。

どこの世界にも、異端者《いたんしゃ》というのは現れる。

不文律を破ってしまう異邦人というのは、いるものだ。

それが、夏川真那《まな》であった。

「は？　〝協定〟？　ナニソレ。意っ味わかんなづき～♪」

「どこに書いてあるの？　見せてみなさいよ。ビリッビリに破ったげる♥　ッシャシャ！」

みんなのルールを鼻で笑って、カオルにアプローチをかける金髪美少女の出現に、女子たちは焦《あせ》った。何度も注意したたし、カオルに近づかないよう直談判《じかだんぱん》したりした。もちろん、真那は聞き入れなかった。ならば、私刑にかけるしかない。真那をいじめてハブろうとしたら、即座に教師から圧力がかかった。夏川グループ令嬢の恐ろしさを、思い知ることになってしまった。

真那の行動を押さえるのは、無理だ。

それは同時に、「協定」の維持が不可能になったことを意味する。

それはつまり——カオルへのアプローチが解禁されたということだ。

ルールは、みんなが守らないと効力を発揮《はっき》しない。

誰かが破ったら、私も、僕も、とフォロワーが現れる。

そうしてルールは、有名無実と化していく。

三学期に入ってから、カオルはすでに三度告白されている。

間近に控えた修学旅行を、好きな男子と一緒にまわりたいという女子が大勢いるのだ。

彼女らをいかに傷つけずに振るか。

「みんなのカオル」『優しいカオル』は、神経を砕かねばならなかった。

ルールを破った、たったひとりのせいで。

――まったく。

――まったく、救えない。

――たいした覚悟もないくせに。

――ルールを破る意味も、知らないくせに。

――その本当の怖さも、知らないくせに。

「カオル！　いる？」

唐突にドアが開けられた。
金髪のツインテールを振り乱し、息を切らせて駆け込んできた。
噂をすれば影。
「やあ、真那。今日は同人誌作りはいいのかい？」
資料から目線をあげて、にこっ、と微笑《ほほえ》むカオル。
その一撃で、真那は駄目になる。背骨が溶けてしまったかのように、ぐにゃぐにゃになる。
「あ、うん。えと、部室までは行ったんだけどね」

「まぁまぁ、座りなよ」

対面の椅子《いす》を勧めた。

カオルと向かい合った真那は、赤くなった顔を笑みでいっぱいにする。

「部室の前まで行ったんだけど、なんか仲良しこよしで盛り上がっちゃっててさあ。ムカつくから帰ってきた」

「へえ？　乙女の会が？」

「そ。最近、スズがパチなんとかいう雑誌のプロデューサーになってさ。部員総出でイベントだのなんだの、出てたのよね。アタシもちょっとだけ、出てあげたし」

パチレモンの話は、以前鋭太《えいた》から聞いたことがあった。

「仲良しこよしって、珍しいね。乙女の会って、そんなに仲良かったっけ？」

「最近キモイくらい仲良くしてるわよ。あのキモオタのハーレムがチャクチャクとできあがりつつあるってカンジ」

夢見心地の顔で、真那は話し続ける。

カオルと二人きりで話せるのが、嬉《うれ》しくてしかたないのだ。

「他の子はともかく、チワワちゃんと夏川さんは犬猿の仲じゃないの？」

「こないだまでめっちゃ険悪だったわよ。偽彼氏の件がバレたのねーきっと。でも、なんかひな祭りの前後で仲直りしちゃってさ。どうせスズがチワワを丸め込んだんだろうけど、妙にイイカンジなのよねー」

「偽彼氏？」

耳慣れないワードだった。

「偽彼氏って、なんだい？」

真那は「やばっ」とつぶやいて口を両手で覆《おお》った。

「や、その、え～～～と……」

「なんだい偽彼氏って。文脈からすると、夏川さんと鋭太のことかな？」

「ちょっと、言えないのそれ。いちお、口止めされてるし」

カオルの目が、一瞬、鋭く光った。

だが、すぐに穏やかで優しいまなざしに変わる。

「ねえ、真那」

立ち上がり、真那の背後に回る。

そっと背中に密着して、机の上に置かれた手に手を重ねた。

「修学旅行のお土産《みやげ》、何がいい？」

「お、みやげっ？」

きょときょと、碧《あお》の瞳《ひとみ》が生徒会室を彷徨《さまよ》う。

カオルの声を、匂《にお》いを、ぬくもりを、こんな近くで感じたことはなかった。

「な、なんでもいいしっ、それより、その――」

「真那にだけ特別なものを買ってくるよ。僕とおそろいのアクセサリーとか、どうかな」

「お、おそろい？　マジ？」

「マジだよ」

カオルの両腕が、真那の胸のあたりに回された。

ぎゅっ、とさらに密着する。

抱きしめる。


「だから話して。にせかれし」


窓から差し込む夕陽《ゆうひ》が、真那の赤い頬《ほお》をさらに赤く照らしている。

後ろから抱きすくめられたまま、真那は必死に抗《あらが》う。

「や、だから、言えないの。口止めされてるのよスズに！」

「どうして？　僕に隠し事するの？」

「か、隠すとかじゃなくて、……だからぁ！」

駄々っ子のように拒否する真那に、カオルは長いまつげを伏せてみせる。

「悲しいな。僕のことなんか、その程度でしかないんだね」

「違うわよ！　アタシは、カオルのこと——」

途中で、言葉は途切れた。

夕陽に照らされた二人の影が、重なり合っている。


「ッ!?　……!?　……!!　………」


声にならない、真那の声。

鼻から抜ける、カオルの吐息《といき》。

時間にすれば、ほんの一瞬——。

その、互いの粘膜が溶けていた瞬間を、真那は永遠のように感じた。


「……………………………………………………………………………………」

顎《あご》に添えられていたしなやかな指が離れていく。

真那の頬には、涙の粒がつたっていた。

その雫《しずく》を指でそっと拭《ぬぐ》ってやり、カオルは囁《ささや》いた。

「聞かせて、くれるよね？」

真那は無言。

「次は、もっと長く、していたいな」

真那は無言。

カオルは微笑む。

「それとも、真那は」

カオルは、
微笑む。

「もっと、別のものが欲しいのかな?」

真那は、

真那は……。

◆

完全下校時刻を過ぎた。

陽《ひ》が落ちて、校舎は闇《やみ》のなかに沈んだ。灯りがついているのは職員室だけで、無人となった教室や部室から漏《も》れる灯りはない。

その暗い静寂のなかに、
がらり、と。
引き戸の音がして、二束の金髪が、廊下の冷たい空気のなかで揺れた。
しばらく、動かなかった。
扉を背にしたまま、自分のくちびるを何度も指でなぞっていた。
それから——駆け出した。
真っ赤《まっか》な顔で、一目散に、内履《うちば》きの音を響かせて走り去った。
その頬には、涙の跡があった。

「うふふふ」

金髪が出て行った部屋のなかで、笑い声がした。
真っ暗な部屋のなかで、華奢《きゃしゃ》な輪郭が踊るように揺れている。
揺れる。
揺れて、
とまらない。

「うふふふふふふははははははははははははははははは！」

やっぱり。
やっぱり、そうだったんだ。
やっぱり、秘密があったんじゃないか。

偽彼氏。
フェイク。
鋭太を、無理やり彼氏にしていた。
弱みを握って、言うことを聞かせた。

そういうカラクリだったわけだ！

鋭太の優しさにつけこむなんて。
ずるい。
ずるいなあ、夏川さん！
僕がずっと、ずぅっと我慢してきたことを、そんな風に叶《かな》えちゃうなんて。

ずるいよ。
ルールを守らないなんて。
僕が、こんな、必死で、必死で、守っているのに……。
守ってるのにィィィィィィィィアアアアアアアアアアアィアアアアアアアア！
「ふふふふふふふふふふふふふふふふふふふあはははははははあはははははは」
そういうことなら、容赦《ようしゃ》しない。
容赦しないから。
僕は容赦しないよ、夏川さん。
夏川真涼。
春咲千和《はるさきちわ》と、仲直り？
させるもんか。
そんな嘘《うそ》っぱちのハーレムなんて、ぶっ壊してやる。
修羅場《しゅらば》らせてやる！

そして、お前らの板挟《いたばさ》みになって疲れ果てた鋭太を、僕が包み込んであげる。
誰よりも優しく、癒《い》やしてあげるんだ……。
最後に、鋭太の隣にいるのはこの僕——遊井カオルだ！
……あれ？

ん？

あれれ？

違うか。
カオリか。
今の私は、遊井カオリか。

えっ？

カオリだっけ？　私。

いや、僕は。

カオル？

カオリ？

「ふふふふふふふふふふふふふふふふふふふふふふ」

「うふふふふふふふふふふふふふふふふふふふふふ」

「どっちでもいいやあ、もう」

「そうね、どっちでもいいわね」

「鋭太さえ手に入れば、ねえ」

「カオルだろうと、カオリだろうと、ねえ？」

「「あはは」」

あとがき

俺修羅、およそ二年半ぶりの刊行となります。
お待たせして本当に申し訳ありませんでした。
これを書いてる時点で次巻の初稿はあがっていますので、次はそれほどお待たせすることはないかと思います。

執筆期間が空くと、キャラクターを自分に下ろすまで時間がかかったりするのですが、今回はまったくそういうことはありませんでした。鋭太《えいた》や真涼《ますず》さんたちは、ずっと私の中に居てくれたようです。

そんな彼らは、今回、一大転機を迎えました。

一巻の物語開始以来、ずっと抱えていた荷物を下ろしたというか——まさに「清算」という言葉がふさわしい転機を、「自演乙《じえんおつ》」の面々は迎えたと思います。

そんな彼らの転機に呼応するかのように、「覚醒」した者がひとり。

すでにお読みいただいた方には、それが誰かおわかりでしょう。

ついに彼、いや、彼女？　が牙をむきます。

ここから先はもう、ルール無用のデスマッチ。そもそも、ルールというものを憎んでいる彼、いや彼女？　が相手ですから。ルールを屁とも思わない「自演乙」にとっても、これまでにない強敵となるでしょう。

とてもラブコメとは思えない物騒なワードが並ぶあとがきとなりましたが、これもまた俺修羅らしいということで、ひとつ――。

それでは今回はこの辺で。
待っていてくれて、ありがとう。
最後までよろしくお願いします。

ファンレター、作品の
ご感想をお待ちしています

〈あて先〉

〒106－0032
東京都港区六本木2－4－5
ＳＢクリエイティブ（株）
GA文庫編集部 気付

「裕時悠示先生」係
「るろお先生」係

本書に関するご意見・ご感想は
右の QR コードよりお寄せください。

※アクセスに発生する通信費等はご負担ください。

https://ga.sbcr.jp/

俺《おれ》の彼女《かのじょ》と幼なじみが修羅場《しゅらば》すぎる 14

発　行　　2020年5月31日　初版第一刷発行
著　者　　裕時悠示
発行人　　小川 淳

発行所　　SBクリエイティブ株式会社
〒106−0032
東京都港区六本木2−4−5
電話　03−5549−1201
　　　03−5549−1167（編集）

装　丁　　FILTH

印刷・製本　中央精版印刷株式会社

ISBN978-4-8156-0621-3
Printed in Japan　　GA 文庫

家族なら、いっしょに住んでも問題ないよね？

著：高木幸一　画：YuzuKi

「そこ、部屋を裸とか下着で歩かないっ！　先輩を誘惑しないでっ！」

天涯孤独となった高校生、黒川真は、なぜか４姉妹と住むことに――。

小説家の長女、「きみは生理的にＯＫ」と、クールな高校生の次女、元気いっぱいで、真になついてくる小学生の四女、そして――。

「あ、あのっ！　あ、あたし……、黒川先輩のことが……好きです」

「君にはふさわしくないよ。俺は」

中学の卒業式に告白をお断りした後輩が三女だった!?　真面目で堅物な後輩、姫芽は同居に対してツンツン。真の方も一緒に住むことに気まずさを感じる（ですよねー）。誘惑の多い同居生活と過去の恋。甘く、もどかしい青春ラブコメ開幕！